读懂广州

Understanding Guangzhou

广州出版社
GUANGZHOU PRESS

文学里的广州 · 杂记

杨汤琛 编

陈金章、朱永成《东湖春晓》（局部）（现代绘《历代羊城八景·一九六三年卷》）

广州艺术博物院藏

朱颂民、陈永锵《越秀风华》（局部）（现代绘《历代羊城八景·二〇一一年卷》）

广州艺术博物院藏

李劲堃《琪林苏井》（局部）（现代绘《历代羊城八景·明代卷》）

广州艺术博物院藏

总序：从读懂广州到读懂中国

“十丈珊瑚是木棉，花开红比朝霞鲜。”羊城广州，一座繁花似锦的国家历史文化名城，也是海上丝绸之路发祥地、近现代民主革命策源地、岭南文化中心地及改革开放前沿地。作为岭南首府，广州自古商贸兴盛，人才荟萃。早在七八千年前，先民们已在这里辛勤耕耘、繁衍生息；唐宋时期，广州成为中国最早对外通商的城市、蜚声国际的贸易口岸；清代更肩负着“一口通商”的重任，千帆竞渡，商贾云集。新中国成立伊始，广州是连接中国与世界的“南大门”，是对外贸易的重镇，“南风窗”的称号名扬四海；改革开放以来，广州一直是走在改革前列的排头兵、对外开放的桥头堡，“敢为天下先”“敢饮头啖汤”的勇气和拼劲为人称道；进入新时代，广州再次勇立潮头逐浪前行，被赋予高质量发展的领头羊和火车头职责使命，奋力谱写实现老城市新活力、“四个出新出彩”的崭新篇章。

广州的历史厚重磅礴，广州的精神大度从容。站在新的历史起点上，如何通过读懂广州这座城市历史文化背后蕴含的中国精神、中国智慧、中国力量，更好读懂粤港澳大湾区、读懂中国，并在此基础上坚定文化自信自强，激发文化创新创造活力，推动文化发展繁荣，为建设社会主义文化强国、建设中华民族现代文明作出更大的广州贡献，这是一个值得深入探讨的命题。“读懂广州”书系之《文学里的广州》选择从文学作品的视角，试图解读这座历史文化名城的辉煌。千百年来，在这片热土上产生了一大批有强大生命力的文学精品，勾勒出一幅立体的广州“清明上河图”。要让这种生命力永不衰竭，就必须在继承的同时，坚持创造性转化、创新性发展。这也是出版“读懂广州”书系的初衷——从这里，读懂广州，并继承它开放包容、务实创新的文化品格。这种品格是历史留给广州的宝贵财富，也是人文湾区生生不息的精神动力。

文学是文化的核心，文化是城市的灵魂。《文学里的广州》围绕广州城市历史脉络，按照诗词、散文、小说、杂记四种体裁收录不同年代的名家名作。所选作品均以广州为背景，彰显历史、经济、民俗等领域的万千气象，富有浓厚的“广州特色”，将岭南传统文化之美与现代文化之新共融互通、交相辉映。每一篇作品都是一束炽热的光，能够穿越时代与今天的读者共情交流，让人们感受广州的文化力量。

朱光同志在《望江南·广州好》中写道：“广州好，凭眺越王台。千里江山来眼底，十年生息入诗裁。云海一天开。”抚今追昔，展望未来。从镇海楼到广州塔，从白云山到海心沙，广州凭借丰富的历史文化积淀、得天独厚的人文优势，走出了一条熠熠生辉的非凡之路。如今，广州正全面推进文化强市建设，这是弘扬红色文化、岭南文化、海丝文化、创新文化的时代亮点，也是中华民族文化自信自强的生动体现。期待这套书能成为一张城市文化名片，让人们领略老城焕新颜的独特魅力。

是为序。

“读懂广州”书系编委会

编者的话

“南越千年事”，广州历史悠久，可纪事者不可胜数，自赵佗立国，至鸦片战争、广州起义、改革开放等，广州始终在中华民族的发展道路上闪烁着经久不息的光芒；更须记，中国近代史上，广州作为中西交流与冲突的前沿地带，是中国从传统走向近代的一系列变化的原点。魏斐德曾指出，为了探求近代之根源，历史学家必须在时空上回到鸦片战争前后的广东，并分析一个新的历史单位——广州、广东、华南，而这一分析单位有内部的一致性。[1] 广州是历史不可绕过的地域坐标，也是人杰地灵的南国热土，杨孚、湛若水、邓世昌、钟南山等群星荟萃；作为岭南胜地，诸多名流也为之停驻流连、挥毫洒墨，王勃、苏轼等都曾为广州留下篇章。因而，本书力图从线性历史、名家论述以及广州名人记这三个维度出发，多元而立体地呈现广州丰富的历史底蕴与城市特质。

第一篇章“时代的纹路：广州纪事”追溯广州历史之源流，择取了一批富于史料特质的文章来呈现广州重要的历史节点，如《史记》中有关广州源起的历史记录，地理学家郦道元的关于番禺建城的宝贵记录，林福祥对三元里事件的记载，以及有关广交会、亚运会、南越王墓发掘等重大时代事件的记载。

---

1. 魏斐德：《大门口的陌生人：1839—1861 年间华南的社会动乱》，新星出版社，2019，第 4—5 页。

本章首篇便是千年之前的广州建城史。众所周知，广州建城史逾两千年，秦末，赵佗以广州为中心建立了偏居一隅的南越国。立国伊始，赵佗实施“和辑百越”政策，引入中原农耕技术与先进文化，使得刀耕火种的荒蛮岭南进入农耕文明时代，广州由此开启了文明之旅。南越国在赵氏的治理下，一直与汉朝保持着若即若离的关系，成为汉朝的心头大患。汉武帝时代，伏波将军率军力攻，南越国终于臣服并完全归入汉朝版图。本书所选的《史记·南越列传》便记录了这段重要史实。

自赵佗归汉以来，广州逐渐发展为海上丝绸之路的起点，成为中国对外贸易的重镇。到唐朝，这条从广州启程的丝绸之路经南海、印度洋直达东非，成为彼时世界最长的远洋航线。至清乾隆时期，一口通商，广州成为中国唯一合法的对外贸易口岸，出现了闻名中外的十三行以及富冠全球的广州行商。本书选取的西人亨特所作的纪实性文字《行商》便记录了广州行商的真实面貌，比如他们诚实守信的办事方式、富丽堂皇的住宅、奢靡的生活以及在官府阴影下的屈辱地位等。

广州民众不仅因得港口之利而善于经商，而且重情重义，有着慷慨之气。明清易代之际，一路接受城池投降的清军如黑云压城，逼近广州城，以为可以轻易取城，却遭广州官兵市民的奋起反击，他们不顾清军屠城的恐吓，浴血奋战，老弱妇孺均化身为战士。虽然坚持十个月后，广州被清军破城、惨遭屠戮，但是，广州市民所呈现的气节与血性则气贯长虹、垂范后人。苏曼殊为此作《岭海幽光录》，存留抗清志士、牺牲义士的言行，以弘扬广州的“古德之幽光”。

广州的精神之光也灼灼闪烁于辛亥广州起义的烈士身上。这次起义沉重地打击了清王朝的腐朽统治，掀起了全国民主革命运动的热潮，《五日风声》作为中国最早的报告文学便详尽地记录了这次惊心动魄的革命事件。孙中山先生所撰的《〈黄花岗烈士事略〉序》以沉痛而激扬的笔触盛赞这次起义的伟功，“然是役也，碧血横飞，浩气四塞，草木为之含悲，风云因而变色，全国久蛰之人心，乃大兴奋，怨愤所积，如怒涛排壑，不可遏抑，不半载而武昌之大革命以成，则斯役之价值，直可惊天地、泣鬼神，与武昌革命之役并寿”。

本章的选文既回顾广州的辉煌历史，也触摸生动的当下。广州的中国进出口商品交易会世界闻名；亚运会召开让广州开启了城市发展的新契机；20 世纪 90 年代一批高扬理想主义旗帜的年轻人所展开的诗歌活动，让人看到在这片商贸热土上，纯精神性的文学艺术正在热烈生长；21 世纪以来，广州在不断自我转型，广州芯片制造让人望见这座城市源源不绝的创新能力。当代的活力与发展在《1957，我的广交会之旅》《怀念广州九十年代的诗歌岁月（节选）》《广州第一“芯”》等篇中有着淋漓尽致的呈现。

第二篇章为“谁人不识君：名家写广州”，展现的是广州地域内外的名人笔下的广州印象。他们有历史上岭南本土的名宿大儒如湛若水、陈恭尹、屈大均等，也有广州当代文化名人如黄天骥、刘斯奋等，同时也涵括了岭南之外的历代重要名家，如唐代的王勃、宋代的苏东坡等。此类文章在史料之外呈现了一个鲜活生动的广州形象。

广州地处岭南，“景物纷为异，人情赖此同”（张九龄《与王六履震广州津亭晓望》），不仅本地名人好写广州，南来北往的文人骚客也热衷书写别有风味的岭南胜地，探究人情物理。本土名人写广州，有湛若水记广州人文鼎盛之处所的白云书院，感慨白云山的无限风光，“绝顶中立洒然，四顾无山与之齐者，又不知山之上有天焉，以入于无穷，令人直欲插羽翰，乘日月，凌倒景，以观世界，以游无何也”。如今白云山为广州一大名山，是百姓日常嬉游、登临之所，登山四顾，则见高楼林立、阡陌交通、沧海桑田，又是一番雄壮的现代风景。有陈恭尹写广州古楼，登楼远望，思接千载，感慨广州乃“繄百粤之雄都，乃维扬之南暨”。镇海楼如今仍矗立于越秀山上，现代人登楼不仅发思古之幽情，更有与恭尹先生类似之感慨，即广州真乃南粤雄都。还有屈大均以生花妙笔作的地方志《广东新语》，凡广州山水园林、民俗风情无不在他笔下绘形绘色，如潘耒在序言中所称："游览者可以观土风，仕宦者可以知民隐，作史者可以征故实。"广州的文化一脉相承，荔湾西关等老城区让人恍然回到屈大均笔下的老广州。

现代文人也好写广州。黄天骥写荔枝湾的艇仔粥，让人感慨广州的美食有中西结合之妙，又善于与时俱变。刘斯奋以大赋的体式赞颂广州的开创精神、山水形胜，纵横捭阖于广州古往今来的人文历史，开篇即赞道"古之楚庭，今号穗城，二千年之华夏名都，广州居岭表而峥嵘。……移民土著，交往频密；南北文化，汇聚相融。遂使勃勃生机，涌动于炎方热土；蓬蓬活力，创业于往古来今"。雍平也以大赋的形式写新地标广州塔之美——"楚目舒迟，览山川之胜状。蛮腰绰约，立城郭之高标"。

与本土文人写广州比较，曾羁旅广州的文人才子写广州则别具法眼。王勃作的《广州宝庄严寺舍利塔碑》，文采俊发，让读者得以一窥广州六榕塔的历史渊源。苏东坡途经广州，对广州民生多有关注。他者眼里的广州为阅者呈现一个丰富多元的广州形象。

第三篇章"羊城鸿影录：广州名人记述"则展示了自古至今生于斯、长于斯的广州历代名家，如理学鸿儒、民族英雄、艺术大家、时代英豪等，历历可见广州人杰地灵，名人荟萃。

广州历代名家中，汉代有杨孚，曾在东汉章帝时任议郎，进谏整顿吏治，以廉为标准，以孝治天下。杨孚还著有《南裔异物志》，该书第一次对岭南的风物进行系统整理，史家公论杨孚是广东最早著书立说的学者，后人又赞他为“粤诗之祖”。至明代，更有大儒湛若水，为白沙学说的衣钵传人，以“随处体认天理”为宗，创立了“甘泉学派”，自成理学的一大门派，与王阳明的“阳明学”被时人并称为“王湛之学”。湛若水在全国各地创办书院近40所，弟子多达数千人，促进了明代心学的发展与繁荣。至晚清，家国板荡，邓世昌在甲午中日战争中身先士卒、壮烈殉国，可谓近代民族英雄。

民国以来，广州在音乐、绘画以及文字学方面人才荟萃。冼星海将自己的音乐才华奉献于爱国战争之中，创作了大量喜闻乐见、富于战斗精神的歌曲，《救国军歌》《游击军歌》《到敌人后方去》《在太行山上》等，开拓了中国现代革命音乐的新局面，《黄河大合唱》更是不朽名曲，成为中华民族抗敌救国的精神武器。近代以来具有全国影响力的岭南画派也创建于广州人之手，高剑父与陈树人、高奇峰一起致力于中国画从古典向现代转型的改革，创建岭南画派。高剑父曾师从岭南著名画家居廉，后东渡日本游学，追随孙中山先生，任同盟会广州支会会长。另有古文字专家商承祚，出身书香仕宦之家，曾拜罗振玉为师，研习甲骨文、金文，任教于广州中山大学多年，讲授甲骨文字及钟鼎文字研究、古器铭释等，早年所编的《殷虚文字类编》是中国最早的甲骨文工具书，为中国传统文化的传承与发展作出了大贡献。

“江山代有才人出”，当代以来广州也人才辈出，其中堪为典范的是获得“共和国勋章”的钟南山。2003年非典暴发时，钟南山不顾个人安危、全力救治非典病人，率先摸索出一套有效的防治非典的方案，成功抗击非典，守护了亿万群众的生命健康。武汉不明原因肺炎出现后，已经84岁的钟南山临危受命，逆行奔赴武汉，始终奋战在“前线”。

本书旨在面向大众展示广州的历史面貌、文化底蕴与时代气息，因而，选文方面注重文章的历史价值、时代感以及可读性。杂记的作者既有名家硕儒，也广纳了一批忠实记录广州历史风云的普通作者；杂记的体裁多样，既有叙事性散文也有赋体书写，既有史记形式也有人物传记、报告文学等；为了便于读者理解，本书所选的古文均请文献专家做了详尽的注释。

纵览历史，有关广州的书写浩如烟海，因篇幅所限，本书仅收录一部分契合本书宗旨、具有代表性的文章，难免遗珠在外，虽然抱憾，但编者相信，上述涵括了历史、人物与文学的篇章，必有助于阅者从更广、更深的层面读懂广州、理解广州并因此热爱广州。

杨汤琛

目录

有 * 标记的篇目，可扫码听

时代的纹路：广州纪事

谁人不识君：名家写广州

羊城鸿影录：广州名人记述

时代的纹路：广州纪事

史记·南越列传

司马迁

南越，当今两广地区。秦时为郡尉，秦末中原战乱，南海尉赵佗自立为王，传五世九十三年，至汉武帝元鼎六年（前111）复入汉为郡县。本传载述赵佗立国过程及其与中原的关系。（《百家汇评本〈史记〉》）

作者介绍

司马迁（约前145或前135—？），字子长，夏阳（今陕西韩城南）人。太史令司马谈之子。少时从大儒孔安国和董仲舒学。初任郎中，汉武帝元封三年（前108）任太史令，继承父业。太初元年（前104）着手编写《史记》，后替李陵败降之事辩解，触怒武帝，被处腐刑。出狱后任中书令，发愤著书，终成中国第一部纪传体通史。

南越王尉佗[1]者，真定人也，姓赵氏。秦时已并天下，略[2]定杨越，置桂林、南海、象郡，以谪[3]徙民，与越杂处十三岁。佗，秦时用为南海龙川令。至二世时，南海尉任嚣病且死，召龙川令赵佗语曰："闻陈胜等作乱，秦为无道，天下苦之，项羽、刘季、陈胜、吴广等州郡各共兴军聚众，虎争天下，中国扰乱，未知所安，豪杰畔秦相立。南海僻远，吾恐盗兵侵地至此，吾欲兴兵绝新道，自备，待诸侯变，会病甚。且番禺负山险，阻南海，东西数千里，颇有中国人相辅，此亦一州之主也，可以立国。郡中长吏无足与言者，故召公告之。"即被[4]佗书，行南海尉事。嚣死，佗即移檄告横浦、阳山、湟溪关曰："盗兵且至，急绝道聚兵自守！"因稍以法诛秦所置长吏，以其党为假守[5]。秦已破灭，佗即击并桂林、象郡，自立为南越武王。高帝已定天下，为中国劳苦，故释佗弗诛。汉十一年[6]，遣陆贾因立佗为南越王，与剖符[7]通使，和集百越，毋为南边患害，与长沙接境。

高后时，有司请禁南越关市铁器。佗曰："高帝立我，

1. 尉佗：赵佗，秦时曾任南海龙川令，后代任嚣为南海尉。2. 略：攻取。3. 谪：古代指官吏降职，被派到远离京城的地方。4. 被：给予。5. 假守：代理地方长官。6. 汉十一年：指汉高祖十一年，即公元前 196 年。7. 剖符：古代帝王分封诸侯功臣、任命将帅郡守，把符节剖分为二，双方各执其一，作为信守的约证。

通使物[1]，今高后听谗臣，别异蛮夷，隔绝器物，此必长沙王计也，欲倚中国，击灭南越而并王之，自为功也。”于是佗乃自尊号为南越武帝，发兵攻长沙边邑，败数县而去焉。高后遣将军隆虑侯灶[2]往击之。会暑湿，士卒大疫，兵不能逾岭。岁余，高后崩，即罢兵。佗因此以兵威边，财物赂遗闽越、西瓯[3]、骆，役属焉，东西万余里。乃乘黄屋左纛[4]，称制[5]，与中国侔[6]。

及孝文帝元年，初镇抚天下，使告诸侯四夷从代[7]来即位意，喻盛德焉。乃为佗亲冢在真定，置守邑，岁时奉祀。召其从昆弟[8]，尊官厚赐宠之。诏丞相陈平等举可使南越者，平言好畤[9]陆贾，先帝时习使南越。乃召贾以为太中大夫，往使，因让[10]佗自立为帝，曾无一介之使报者。陆贾至南越，王甚恐，为书谢，称曰：“蛮夷大长老夫臣佗，前日高后隔异南越，窃疑长沙王谗臣，又遥闻高后尽诛佗宗族，掘烧先人冢，以故自弃，犯长沙边境。且南方卑湿，蛮夷中间，其东闽越千人众号称王，其西瓯骆

---

1. 使物：使节和货物。2. 灶：人名，姓周名灶。3. 西瓯：亦称“西呕”。西部越人的统称。汉时分布在郁林郡、苍梧郡和合浦郡部分地区，即今广西大部及广东南部一些地区。4. 黄屋左纛（dào）：黄屋，皇帝专用的黄缯车盖。左纛，皇帝乘舆上的饰旗，以牦牛尾或雉尾制成，设在车衡左边或左骓上。5. 称制：皇帝即位执政。6. 侔：齐等。7. 代：代国。文帝刘恒原为代王。8. 昆弟：兄和弟。也包括近房和远房的弟兄。9. 好畤：古县名，秦置。治所在今陕西乾县东。10. 让：责备。

裸国亦称王。老臣妄窃帝号，聊以自娱，岂敢以闻天王哉！”乃顿首谢，愿长为藩臣，奉贡职。于是乃下令国中曰：“吾闻两雄不俱立，两贤不并世。皇帝，贤天子也。自今以后，去帝制黄屋左纛。”陆贾还报，孝文帝大说。遂至孝景时，称臣使人朝请。然南越其居国，窃如故号名，其使天子，称王朝命如诸侯。至建元四年[1]卒。

佗孙胡为南越王。此时闽越王郢兴兵击南越边邑，胡使人上书曰：“两越俱为藩臣，毋得擅兴兵相攻击。今闽越兴兵侵臣，臣不敢兴兵，唯天子诏之。”于是天子多[2]南越义，守职约，为兴师，遣两将军[3]往讨闽越。兵未逾岭，闽越王弟余善杀郢以降，于是罢兵。

天子使庄助往谕意南越王，胡顿首曰：“天子乃为臣兴兵讨闽越，死无以报德！”遣太子婴齐入宿卫。谓助曰：“国新被寇，使者行矣。胡方日夜装[4]入见天子。”助去后，其大臣谏胡曰：“汉兴兵诛郢，亦行以惊动南越。且先王昔言，事天子期无失礼，要之不可以说好语入见。入见则不得复归，亡国之势也。”于是胡称病，竟不入见。后十余岁，胡实病甚，太子婴齐请归。胡薨，谥为文王。

婴齐代立，即藏其先武帝玺。婴齐其入宿卫在长安时，取邯郸樛氏女，生子兴。及即位，上书请立樛氏女为

---

1. 建元四年：公元前137年。2. 多：赞赏。3. 两将军：指王恢和韩安国。4. 日夜装：日夜准备行装。

后，兴为嗣。汉数使使者风谕[1]婴齐，婴齐尚乐[2]擅杀生自恣，惧入见要用汉法，比内诸侯[3]，固称病，遂不入见。遣子次公入宿卫。婴齐薨，谥为明王。

太子兴代立，其母为太后。太后自未为婴齐姬时，尝与霸陵人安国少季通。及婴齐薨后，元鼎四年[4]，汉使安国少季往谕王、王太后以入朝，比内诸侯；令辩士谏大夫终军等宣其辞，勇士魏臣等辅其缺，卫尉路博德将兵屯桂阳，待使者。王年少，太后中国人也，尝与安国少季通，其使，复私焉。国人颇知之，多不附太后。太后恐乱起，亦欲倚汉威，数劝王及群臣求内属。即因使者上书，请比内诸侯，三岁一朝，除边关。于是天子许之，赐其丞相吕嘉银印，及内史、中尉、太傅印，余得自置。除其故黥劓刑[5]，用汉法，比内诸侯。使者皆留填抚[6]之。王、王太后饬治行装重赍，为入朝具[7]。

其相吕嘉年长矣，相三王，宗族官仕为长吏者七十余人，男尽尚[8]王女，女尽嫁王子兄弟宗室，及苍梧秦王有连。其居国中甚重，越人信之，多为耳目者，得众心愈于

---

1. 风谕：以委婉的言辞劝告开导。风，通“讽”，暗示。2. 乐：喜欢。3. 比内诸侯：比照内地诸侯。4. 元鼎四年：公元前113年。5. 黥劓刑：黥刑，即“刺字”，古代的一种肉刑，刺字于额或面、臂。劓刑，古代割掉犯人鼻子的刑罚。6. 填抚：填，通“镇”，即镇抚、安抚。7. 具：准备。8. 尚：娶帝王之女为妻。

王。王之上书，数谏止王，王弗听。有畔心，数称病不见汉使者。使者皆注意嘉，势未能诛。王、王太后亦恐嘉等先事发，乃置酒，介汉使者权，谋诛嘉等。使者皆东乡，太后南乡，王北乡，相嘉、大臣皆西乡，侍坐饮。嘉弟为将，将卒居宫外。酒行，太后谓嘉曰："南越内属，国之利也，而相君苦不便者，何也？"以激怒使者。使者狐疑相杖[1]，遂莫敢发。嘉见耳目非是，即起而出。太后怒，欲鏦[2]嘉以矛，王止太后。嘉遂出，分其弟兵就舍，称病，不肯见王及使者。乃阴与大臣作乱。王素无意诛嘉，嘉知之，以故数月不发。太后有淫行，国人不附，欲独诛嘉等，力又不能。

天子闻嘉不听王，王、王太后弱孤不能制，使者怯无决。又以为王、王太后已附汉，独吕嘉为乱，不足以兴兵，欲使庄参以二千人往使。参曰："以好往，数人足矣；以武往，二千人无足以为也。"辞不可，天子罢参也。郏壮士故济北相韩千秋奋曰："以区区之越，又有王、太后应，独相吕嘉为害，愿得勇士二百人，必斩嘉以报。"于是天子遣千秋与王太后弟樛乐将二千人往，入越境。吕嘉等乃遂反，下令国中曰："王年少。太后，中国人也，又与使者乱，专欲内属，尽持先王宝器入献天子以自媚，多

---

1. 相杖：相持，犹豫不决。2. 鏦（cōng）：用矛刺杀。

从人，行至长安，虏卖以为僮仆。取自脱[1]一时之利，无顾赵氏社稷、为万世虑计之意。”乃与其弟将卒攻杀王、太后及汉使者。遣人告苍梧秦王及其诸郡县，立明王长男越妻子术阳侯建德为王。而韩千秋兵入，破数小邑。其后越直开道给食，未至番禺四十里，越以兵击千秋等，遂灭之。使人函封汉使者节置塞上，好为谩辞[2]谢罪，发兵守要害处。于是天子曰："韩千秋虽无成功，亦军锋之冠。"封其子延年为成安侯。樛乐，其姊为王太后，首愿属汉，封其子广德为龙亢侯。乃下赦曰："天子微，诸侯力政，讥臣不讨贼。今吕嘉、建德等反，自立晏如[3]，令罪人及江淮以南楼船[4]十万师往讨之。"

元鼎五年秋，卫尉路博德为伏波将军，出桂阳，下汇水；主爵都尉杨仆为楼船将军，出豫章，下横浦；故归义越侯二人为戈船、下厉将军，出零陵，或下离水，或抵苍梧；使驰义侯因巴蜀罪人，发夜郎兵，下牂柯江：咸会番禺。

元鼎六年冬，楼船将军将精卒先陷寻陕，破石门，得越船粟，因推而前，挫越锋，以数万人待伏波。伏波将军将罪人，道远，会期后，与楼船会，乃有千余人，遂俱进。

---

1. 自脱：自己免祸。2. 谩（màn）辞：骗人的文辞。3. 晏如：安然自若。4. 楼船：古代兵种名。西汉时根据地方特点训练各个兵种，江淮以南各郡训练水军，称为“楼船士”或“楼船”。

楼船居前，至番禺。建德、嘉皆城守。楼船自择便处，居东南面；伏波居西北面。会暮，楼船攻败越人，纵火烧城。越素闻伏波名，日暮，不知其兵多少。伏波乃为营，遣使者招降者，赐印，复纵令[1]相招。楼船力攻烧敌，反驱而入伏波营中。犁旦[2]，城中皆降伏波。吕嘉、建德已夜与其属数百人亡入海，以船西去。伏波又因问所得降者贵人，以知吕嘉所之，遣人追之。以其故校尉司马苏弘得建德，封为海常侯；越郎都稽得嘉，封为临蔡侯。

苍梧王赵光者，越王同姓，闻汉兵至，及越揭阳令定自定属汉；越桂林监居翁谕瓯骆属汉：皆得为侯。戈船、下厉将军兵及驰义侯所发夜郎兵未下，南越已平矣。遂为九郡。伏波将军益封。楼船将军兵以陷坚为将梁侯。

自尉佗初王后，五世九十三岁而国亡焉。

太史公曰：尉佗之王，本由任嚣。遭汉初定，列为诸侯。隆虑离[3]湿疫，佗得以益骄。瓯骆相攻，南越动摇。汉兵临境，婴齐入朝。其后亡国，征自樛女；吕嘉小忠，令佗无后。楼船从欲，怠傲失惑；伏波困穷，智虑愈殖，因祸为福。成败之转，譬若纠墨[4]。

选自《史记》，中华书局，2014年版

---

1. 纵令：发出命令。2. 犁旦：黎明，"犁"通"黎"。3. 离：通"罹"，遭遇。4. 纠墨：同"纠纆"，缠绕在一起的绳索。

这段史实，即步骘等由孙权派出往主岭南，与刘表争势力范围，第二年，即东汉建安十六年（211），已掌控了岭南大局，岭南各郡官员皆听命于他。出于战略之需，步骘在此时到了番禺，登高望远，萌生徙交州州治之念，符合史实。（《广州古代史丛考》）

番禺建城记[1]

郦道元

作者介绍

郦道元（约470—527），字善长，范阳涿县（今河北涿州）人。官御史中尉，后为关右大使。曾在各地“访渎搜渠”，实地考察水系流向、城邑兴废等地理现象，以《水经》为纲，征引群书四百多种，逐录碑刻三百多块，撰成《水经注》一书。该书保存了大量失传的文献资料，且文辞清丽，具有很高的文学价值。

1. 番禺建城记：记录了步骘视察南海郡旧治番禺的观感。

建安[1]中，吴[2]遣步骘[3]为交州。骘到南海，见土地形势，观尉佗旧治处，负山带海，博敞渺目，高则桑土，下则沃衍，林麓鸟兽，于何不有。海怪鱼鳖，鼋鼍鲜鳄[4]，珍怪异物，千种万类，不可胜记。佗因冈作台，北面朝汉，圆基千步，直峭百丈，顶上三亩，复道回环，逶迤曲折，朔望升拜，名曰朝台[5]。前后刺史郡守，迁除[6]新至，未尝不乘车升履，于焉逍遥。骘登高远望，睹巨海之浩茫，观原薮之殷阜，乃曰：斯诚海岛膏腴之地，宜为都邑。建安二十二年[7]，迁州番禺，筑立城郭。

选自《水经注》，中华书局，2020 年版

1. 建安：汉献帝年号。2. 吴：即三国时孙吴。3. 步骘（zhì）：指三国吴将军，曾任交州刺史。4. 鼋鼍（yuántuó）鲜鳄：鼋鼍，指大鳖和扬子鳄。鲜鳄，少见的鳄鱼。5. 朝台：在今广州越秀山。6. 迁除：迁，贬谪官员。除，拜官授职。7. 建安二十二年：公元 217 年。

岭海幽光录（节选）

——苏曼殊

《岭海幽光录》记录了明末17位义僧、烈女、志士在满洲贵族入关、统治全国、残酷杀害汉族人民时，与之坚决斗争的事迹。他们的共同特征是突出的民族气节。……这种不甘屈服，“宁为玉碎，不为瓦全”的精神，更为曼殊所赞颂。《岭海幽光录》不仅是思想丰厚的革命教科书，而且也像曼殊编辑的其他书籍一样，真实地反映了他自己的为人和独特的个性。（《永远闪亮的文学彗星——苏曼殊》）

作者介绍

苏曼殊（1884—1918），初名戬，改名玄瑛，字子穀，广东香山（今中山）人。曾入早稻田大学高等预科，后漫游南洋各地，多次为僧。工诗文，善绘画，通英、法、日、梵诸文。曾任报刊编辑、翻译及安庆高等学堂教职，有诗《燕子龛诗》，小说《断鸿零雁记》《碎簪记》等。柳亚子等合其自著和译作，编为《苏曼殊全集》。

• 一

吾粤滨海之南，亡国[1]之际，人心尚已；苦节艰贞，发扬馨烈[2]，雄才瑰意，智勇过人。余每于残籍见之，随即抄录。古德幽光[3]，宁容沈[4]晦？奈何今也有志之士，门户齮龁[5]，狺狺嗷嗷[6]。长妇姹女[7]，皆竞侈邪。思之能勿涔涔堕泪哉？船山[8]有言：未俗相率而为伪者，盖有习气[9]而无性气也。吾亦欲与古人可诵之诗，可读之书，相为浃洽[10]而潜迻[11]其气，自有见其本心之日昧者，是亦可以悔矣。

• 二

零丁山人，姓李，名正，字正甫，番禺诸生也。丙戌[12]城破，其父及于难，山人乃髡首[13]自名今日僧，遁居零丁之山。遇哀至，放声曼歌，歌文文山[14]《正气》之

1. 亡国：指明亡。2. 馨烈：流芳之事迹。3. 古德幽光：古人德行潜而未发的光辉。4. 沈：旧同“沉”。5. 齮龁（yǐhé）：侧齿咬噬。引申为倾轧。6. 狺狺嗷嗷（yínyín'áoáo）：狺狺，犬吠声。嗷嗷，众声喧杂。7. 长妇姹女：年长的妇人和少女。8. 船山：王夫之，明清之际思想家、文学家，晚年筑“观生居”于衡阳石船山，人称船山先生。9. 习气：习俗之气。10. 浃洽（jiāqià）：普遍沾润。11. 迻：同“移”。12. 丙戌：清顺治三年（1646）。13. 髡（kūn）首：剃光头。14. 文文山：文天祥，号文山。

篇，歌已而哭，哭复歌。四顾无人，辄欲投身大洋以死，与厓门诸忠烈[1]魂同游。既又自念：吾布衣之士耳，与其死于父，何如生于君？死于父则无子，斯死父矣。生于君则有臣，其尚可以致吾之命，而遂吾之志也乎？于是弃僧服而返。性好独坐，然亦非习为禅观[2]者。一室深闭，人莫知其所为。窃窥之，每一鬋[3]发，即以纸钱包裹，具衣冠上山焚去，哭之呜咽。试问之。则曰："吾发欲还之父母也；全归之未能，故伤之耳。"酒酣慷慨为诗，有曰：

身当病后哀歌短　家自亡来骨肉轻

又曰：

多病一身堪久客　故园诸弟尚重围

又曰：

夜夜哀魂同梦父　年年孤影愧称兄

---

1. 厓门诸忠烈：厓门在广东省新会县南，珠江三角洲西南侧，是潭江和西江分支的出海口。1279 年，南宋海军于厓山海战中为元军大败，陆秀夫负帝昺于厓山沉海，标志着南宋灭亡。当时跳海殉节者众多，因称厓门诸忠烈。2. 禅观：禅定观想，指僧人打坐修炼。3. 鬋（zuān）：剪。

又曰：

当天落日愁无影　到地悲风壮有声

皆悲酸惨绝，如猿吟鹤唳，不堪入耳。久之，郁郁竟以死，年三十七。悲夫正甫！士之不幸。其至此耶？生既无可奋其才，死而忠孝之心又不白，后之人其终以正甫为何如人耶？其为桑门[1]也，臣之终，其弃桑门也，子之始。终始之间，呜呼，难言之矣！正甫一字零丁，零丁亦大洋名。自文文山一至，数百年乃有正甫以哀歌招其魂魄，文山亦幸矣哉！

• 三

甲寅春，广州有请乩仙[2]者，忽有自署苏氏者来。问其谁。曰："妾广州绣花街人，年十七，嫁汪叔孟季子。庚寅冬，城破，吾父被杀。吾以几击清兵破头额，因磔[3]我而死。"屈翁山[4]为之歌曰：

---

1. 桑门：即沙门，出家的佛教徒的总称。2. 请乩（jī）仙：古代的一种迷信活动，认为能请神灵附身于沙盘写字传递信息。3. 磔（zhé）：古代的一种分裂肢体的酷刑。4. 屈翁山：屈大均，字翁山，广东番禺（今广州）人，明末清初著名学者、诗人。

击奴击奴
奴虽不死已碎颅　脑血可以溅吾夫
纤纤女手有霹雳　泰山难与秋毫敌
丈夫何必是荆轲　死为鬼雄随所击

林氏者，广州之河南乡人。丙戌城破，投珠江而死。番禺罗宾王吊之，有曰：

黄泉随母逝　白璧为夫全
抱玉云飘海　沉珠月在渊

李氏者，番禺三元市人。庚寅，广州被围，胡骑抄掠得之，不辱，赋诗十章而缢，有曰：

恨绝当时步不前　追随夫婿越江边
双双共入桃花水　化作鸳鸯亦是仙

味其辞，其夫必先自沈者。

丁亥[1]某月，益阳王遇害广州，妃某氏，色美，清兵欲妻之。妃曰："王，故夫也，亟具棺衾，得尽一哀，以事新者，当无复恨。"兵出市棺衾，妃阴置小刀数十衵[2]

---

1. 丁亥：清顺治四年（1647）。2. 衵（nì）：贴身内衣。

衣中，整刃外向，丧服哭泣视含殓，与兵出葬北山。既毕，兵遽前犯妃，妃大骂。兵怒，抱持益急，身数十处触刃，血漉漉仆地。妃乃反刃自杀。屈翁山为歌云：

为我殓王　送之北邙
逝将从汝　不惜新丧
王魄已归土　同穴终何补
利刃怀满身　欲切奴为脯
奴血何淋漓　痛楚莫予侮
自刭以报王　黄泉相鼓舞

玉桂卿，广州人，为张参将之妾。丙戌，年始二十。清兵至，拜辞其夫，弹琵琶一曲，自经死。邝湛若[1]吊之，有曰：

堕楼未散香烟梦　披发犹存石鼓歌
雁柱只今余玳甲　为怜落木晚风多

选自《苏曼殊诗文集》，中央书店，1936年版

1. 邝湛若：邝露，字湛若，广州府南海县（今广州）人，明末著名诗人。

行商

亨特

在1844年《中美望厦条约》签订以前，已有相当数量的美国人来华经商或传教。从时间上看，亨特（William C. Hunter）不是其中最早的一个，但是，就所拥有的中国文化知识而言，他可能是当时美国人中最渊博的一个。他初版于19世纪80年代的两本书，《旧中国杂记》（*Bits of Old China*）和《广州“番鬼”录》（*The Fan Kwae at Canton*），根据其在华的亲身经历和见闻，描述了当时“外商在广州口岸活动的情形”以及“中国方面的情形”，不仅对于研究近代中外关系史和广州地方史具有重要的史料价值，而且对于研究早期中美文化关系、研究《中美望厦条约》前美国人的中国观，也具有不可替代的重要意义。（《文明对话：本土知识的全球意义》）

作者介绍

亨特（1812—1891），原名威廉·C. 亨特（William C. Hunter），美国商人，1825年到广州，短暂离开后，第二年又回到广州。1829年在广州加入美商旗昌洋行，退休回到美国后又返回中国活动。在华生活的时间长达四十年，是当时广州仅有的几个懂中文的外国侨民之一。将在中国的所见所闻撰述成《旧中国杂记》《广州“番鬼”录》。

行商（合起来称为公行）作为一个团体始于1720年。从这一年起，除在1725年以前曾一度短暂中断外，他们一直垄断着对外贸易。在1825年，主要的行商有浩官、茂官、潘启官、潘瑞兰、章官、经官和鳌官[1]，外国人往往误以“官”为名字的一部分，其实“官”是尊称，相当于英文的先生。字义是“管理”或“控制”。公行共有13家行号。

他们的办事机构建在小溪边，沿着江岸一直向东伸延，在这里，货物的上落都十分便利。这是他们的货栈，从内地运来的茶叶和丝，在这里过秤、打包，加上标记，运到黄埔的船上。用来运输的驳艇是特制的，有圆形的舱板和侧舷，外形像一个瓜，中国人称为“西瓜艇”，外国人则称为“官印艇[2]”。载重量为500担，或容茶叶500箱。各行号办事敏捷有次序，打包整齐，手法灵巧，是中国人的办事特色。

行商是得到官府正式承认的唯一机构。从行外的中国人买进的货物，如不通过某些行商就无法运出。因之通过

---

1. 浩官、茂官、潘启官、潘瑞兰、章官、经官和鳌官：浩官指怡和行商伍秉鉴和伍绍荣父子，本书多指前者；茂官指广利行商卢文锦；潘启官指同孚行商潘绍光；潘瑞兰指中和行商潘文涛；章官指东生行商刘德章；经官指天宝行商梁经国；鳌官指东裕行商谢嘉梧。2. 官印艇：原文为chopboats，据此推测，大约因装到这种艇上的货物必须由海关官吏加戳征税，才能放行，故名。

行商可采办的货物，必须由行商抽收一笔手续费，然后用行商的名义报关。然而，行外商人已变得非常重要，他们每年都做巨额的生意。如丝织品、草席、南京布、绉绸、夏布的制造商和某些次要商品的老板，他们当中许多人都发了大财，同时，由于他们严格限定只经营作为外侨“个人使用”的必需品，因而常常得到官方的批准。事实上，地方当局不时以“惯例”提醒他们，要依照定章，甚至列举他们只允许提供给外国人的货品名称。鉴于好奇，列之如下：衣服、雨伞、草帽、扇子、靴子等。

行商向粤海关监督负责所有的进出口关税。只有他们才能和官方机构，即“海关”办事，这样可使外国人省去报交关税的麻烦。这里必须指出，粤海关监督（用“河泊”的称呼是不恰当的）是一个在广州为对外贸易而特别设置的职位。他由皇帝任命，地位与省的督抚大员相当。“户部”本是中国政府管理财政的一个部，但在当地，大家就误称粤海关监督为“户部”。

行商控制了广州口岸全部的对外贸易，每年总额达数百万元，受益固多，责任亦重。外国商船或其代理人如果违犯了“规条”，俱由行商负责。官方认为他们能够而且应当管理住在广州商馆的外国人和停泊在黄埔的外国船只。行商对这两者，都有保证他们守法的责任。因此外国居民从登岸之日起，必须有一个保人，每艘外国船亦然，行商也就成了“保商”。我的保商是浩官，他当然还是其他人的保商。由于这种关系，我们戏称他们为“我们的假教父”。

东印度公司购买货物时，在行商中按股分拨，浩官得到其中的 14 股[1]。

行商的位置是通过花一大笔钱从北京方面获得的，听说是 20 万两，等于 5.5 万镑。虽然这份执照所费高昂，它却保证行商财源广进，不断取得巨大的经济利益；但另一方面行商们却经常受到“敲诈和勒索”，迫使他们捐款，如公益事业、公共建筑、赈济灾区等，政府还经常无中生有或夸大长江、黄河泛滥造成的灾害。

“浩官，你好！”有时拜访浩官，我们谈起天来，“今天有消息吗？”他回答说：“太多坏消息了，黄河又闹水灾。”这当然是不好的消息。“官员来看你了吗？”“没有，但他叫人送来一张‘票’，他明天来，要我拿出 20 万元。”这显然又是勒索，而且数目甚大。“你给他多少？”“我给他五六万。”“假如他不满意呢？”“假如大头子不满意，我就给 10 万。”从这件事可以看出官方对总商的勒索（其他行商也被轮流召见，要他们拿出钱来）和他们的财力。

---

1. 14 股：英公司在行商中实行呢羽交茶的制度，即根据每个行商购买进口的毛织品多少来确定其茶叶等出口货的贸易份额。据马士《东印度公司对华贸易编年史》（H. B. Morse: *The Chronicles of the East India Company Trading to China*）第 3、4 卷所载，行商的贸易份额最多为 4 股，最少为 1 股。这里的 14 股应为 4 股之误。

同时他们知道，所谓水灾的严重性是被夸大了的，即使真有其事，从他们的捐款中，也只有一小部分被用来修理河堤，官员们拿走大部分以满足自己的私欲。行商们可以商量，可以少拿，但不能逃避。同时当海关监督回京时，新任监督上任时都必须送钱，还要送钱给京城的户部大员；之所以要这样做，是因为由此可获得官员势力的保护。并且这是自愿馈赠，相对来说，数目不算太大。

行商为了要提高自身的地位和巩固特权，会用钱捐买官衔，其标志是一个圆形的小徽章或有颜色的小圆球缝在帽子顶上。这顶戴可能会因犯法或破产而被摘去。用当地人的话来说叫“摘去顶戴”，这也可说是丧失了表明他的社会公开地位的标记。

在中国的大财主、读书人和那些凭自己的才能做了官的人的眼光里，商人的地位是很低的，破了产不但丢人，而且被认为是犯罪行为。

破产的行商首先被革去名义上的官衔，然后被依法惩办。在我到达广州之前，发生了一件行商破产事件。对一名公行成员的刑罚是流放到伊犁。在公行存在的以后年代，只发生过另外一次破产事件。最近被流放的破产行商叫人和[1]，他在外国侨民中颇得人望，举止谦恭有礼，从各方面看来，

1. 人和：指福隆行商关成发，今译为“人和”。福隆行于清道光八年（1828）倒闭。

都是一个有修养和诚恳的人，他的顶戴是“蓝顶”，表示正三品官衔，这给了他在名帖上和他的行号上写上某种官衔的特权。他的行号账本和事务交由公行清算，结果证明情况很糟。当结果呈送给海关监督时，他被宣告破产。结果，他被判处终生流放到西北边境的伊犁。广州人通称伊犁为“寒冷”地方。几乎没有人知道它的地理位置。行装准备好之后，人和及其他几个犯人由一些官吏负责押送，前往那个遥远的省份。上述全部人犯已在碇泊商馆附近的艇上，他的许多中外老友都到艇上来和他话别。其中一个外国人交给他一封信，信中对他的不幸深表同情。另外，为使他有所安慰，行商和外国人捐赠一笔钱，同时，也用来交给其自愿陪伴他去流放的忠仆。如果数额不过分，政府和海关监督都不反对这些因不幸或经营不善而受到刑罚的人接受亲戚朋友给予的捐助。这一次捐助的数额为 1 万元。

几小时之后，这只护送的小艇就开始了一种可以想象得到的极其可怕的旅程。全程要走几个月，要转好几次船，要坐很不舒适的竹轿，在崎岖不平的道路上颠簸，然后又骑小马，而且经常要步行。

在他离开很久之后，我们从他那里回来的一个仆人处获悉，人和起初被安置在一间寺院做“打扫夫”，这纯粹是让他有个名义上的“职务”而已。而且，他已设法获得在伊犁所能得到的各种舒适享受，据说这是少见的。过几年之后，我们突然听说他已去世，其遗体被运回广州（是由那些留在那里服侍他的仆人运送回来的），以便归葬故乡。

在人和离开广州之后，我从上述外国捐赠人之一的手上，见到他的一张面额6万元的债券，月息5%。在一般情况下，利率是不算太高的。当时的利率，有最好担保人的流水账户月息是1%，而临时债款普遍是月息2%至3%。

作为一个商人团体，我们觉得行商在所有交易中，是笃守信用、忠实可靠的，他们遵守合约，慷慨大方。他们自己的住宅，我们曾去过几处，规模宏伟，有布局奇巧的花园，引水为湖，叠石为山，溪上架桥，圆石铺路，游鱼飞鸟，奇花异卉，千姿百态，穷其幽胜。

其中最美丽的是潘启官的住宅，坐落在江边，在商馆西边的三四英里处。他的私人“宫殿”中有大批仆役，通常包括侍者、门丁、信差、轿夫和名厨。我们曾有幸领略过这些名厨的技巧，参加过一次无外国菜的“筷子宴”。

我们吃的菜有美味的燕窝羹[1]、鸽蛋，还有海参、精制的鱼翅和烧鲍鱼，这些只不过是全部菜色中的一小部分，最后还有各式各样的点心。饮料是用大米酿造的“三苏[2]”，也有一种用绿豆、一种用黄皮水果，以及其他我们从未听

---

1. 燕窝羹：原注中提到，质量最好的燕窝是从爪哇运来的，这种珍品，每担（133⅓磅）值4000西班牙银元。2. 三苏：原文作Samshoo，属“广东英语”。“三苏”最初当为英文Sauce的音译，意为烈酒。

到过的东西酿成的酒。盛酒的是小银杯或瓷杯，每只杯都放在制作精美的银座上。

这些宴会确实令人赏心悦目，至今仍使人记忆犹新。主人热情好客，彬彬有礼，散宴时每次都送我们到大门外，然后吩咐脚夫打着写有他们姓氏的大灯笼，护送我们返回商馆。

有人认为，在这些欢宴上给客人端上一盆烧或蒸的“小狗”作为佳肴是编造出来的。而我则相信，下面诗句的作者，是在吃完一顿“筷子宴”，喝过“绿豆酒”之后写下这几行诗的，或者可以证实当时流行的笑话——

筵席大张，五光十色，
目不暇接；
尽粤省之美馔，
以娱嘉宾。
满座无声，不愿打破这
庄严肃穆；
啊！四大洲的朋友
不会说中国话。
东试西尝，夹起一块
叫不出名字的菜；
事实上，这些菜
样样使他发腻！

主人铭官[1]，每菜敦请，
拳拳致意；
铭官心想，尽量满足这群
容貌丑陋之辈！
终于，发誓无法再吃，
饱形于色；
“哎哟！”他说，“魔鬼在这儿
送上肉食和厨子！”
这时餐具撤换，他喜形于色，
以为运气来到，
可是放近面前的
看来似乎是一只鸭！
细细端详，他已经
头晕目眩；
转向侍仆，
指着菜叫“嘎，嘎”。
这个中国人摇头，
随即有礼地鞠躬；
并表示盆上是什么
说出，“煲汪汪[2]！”

1. 铭官：又称明官，即中和行商潘文涛。2. 煲汪汪：意为煲狗肉。“汪汪”形容狗叫，象声词。

有关行商方面慷慨大方的事例是不胜枚举的。下面我将谈有关总商一人的事来说明。他接受一艘美国船的直接委托，他的慷慨，仿佛这只船是由他的一位老朋友经营的一样。例如有一艘由C船长指挥的船驶入黄埔，船上载有大量水银，当时这种货物价钱跌得很厉害，货物卸上岸并存放在浩官行里，他提出按市价收购。几个月过去了，当预示交易季节的西南季候风结束时，各商馆开始为他们的船只搜购回程货物，每天都有新茶到达。水银仍然无人问津，若以当时的价格售出，所得款额可购的茶叶数量，与船的容积差距甚大。同时，接获消息称，纽约茶价上涨，显示可获大利。因此，C船长决定将水银售出，尽快将可购得的茶叶装运，结算售价，即商业用语"结账"（按时登记）。然后立即开始收购。在这个过程中，浩官对他的委托人说："老友，你将得到满载的货物回程，我来供货给你，你可以在下一次付款给我——你不必烦恼。"一切都安排妥当，船开始装货了，装到一半时，浩官又来找船长，并通知他说，由于北方各省商人突然急需大量水银运回，大大提高了它的价值。所以他按照目前的价格清算这批货物，还在他的账户上将先前所购的注销。由于承托人方面的这一慷慨行为，使C船长得以满载货物而归，而且不用欠货款，并使他这次航行的收获差额，差不多达到3万元。这件事是几年之后，C船长在广州亲口对我讲述的。

一位曾在广州居住多年的美国先生，拥有一笔可观的财产，遭受严重损失。重整旗鼓的希望诱使他继续开业，此事得到浩官的大力帮助。他们两人像该地通常所说的“老友”。经过相当一段时间，在W先生支配下的款项数额颇大，这位行商没有对它进行查询，直到第二年或第三年年底，他的账目和浩官的进行核对，浩官得到有利差额共计7.2万元。而这笔钱，他只收取一张期票，并将其锁在保险箱里。由于我懂得中文，所以在这种事件中我常常从旁协助，这并不是持票人怀疑发票人方面有什么不法行为，只不过是为了他自己称心而把它们译成中文。可以这样说，当时广州的中国人，没有一个是能够读或写英文的。我见到这些期票仅仅写着认可的金额、日期和开票人的姓名。日子一天天过去，W先生时常表现出返回美国的想法，总希望他的事业会发生好转，以便他能够注销他的票据。然而，它是用一种极为出人意料的方法注销的。

有一天，W先生去拜访他这位中国老友，老友说：“你离家这么久了，为什么不回去？”W先生回答说他不能回去——他无法注销他的票据，只是此事阻碍他。浩官询问是否只是这张债券使他滞留广州，假如他没有一点收入，用什么来维持在美国的生活。回答是没有其他债务，而他并不是没有财源的——只是欠了这份债券！浩官立刻把账房叫来，并命令他把库房内装期票的那个封袋拿来。把W先生的期票拿出，他说：“你是我的第一号‘老友’，你是一个最诚实的人，只不过不走运。”他接着把期票撕碎，将纸片扔进废纸篓，并说："好了！一切取消，你可以走了，请吧。"那就是说，"我们的账现已结清，你高兴什么时候走，就什么时候走吧"。

1841 年 5 月 21 日，卧乌古爵士率领英军占领了城墙北面的制高点，并准备进攻广州，后来由于从当时停泊在商馆附近的小汽艇"路易莎号"上，送来了英国商务监督义律上校的一封信而中止。他通知卧乌古爵士说，广州城愿付出 600 万元作为赎金，并指示他把军队带回停泊在河面的船上去。这是一个明智而人道的安排，是义律上校想出来的。假如攻入城内，会造成巨大的生命损失，更不用说房屋和财产的毁坏了。而且即使占领了也很不光彩，因为它的防卫状况，完全无法抵御 2200 名英国的海陆军。广州城当局一经谈妥赎金的办法后，立即开始筹款，像往常一样首先想起行商，可以预期他们会大量拿出来。

他们共捐出 200 万元，其中潘启官捐 26 万，浩官捐 110 万，其他行商共捐 64 万。中国人有一种迷信，以为有一种神力影响着人的命运，他们称之为"风水"。在这次事件中，有一个突出的事例可以说明他们的这种迷信。浩官本人深信赔财消灾，感谢"风水"保佑，消除一生灾难，使其平安无事，事业顺利发展。为此他把这笔捐款做如下分配：80 万元用以保佑自己"生意兴隆"；20 万元保佑其长子永远孝顺；10 万元保佑最小的儿子。这个儿子是他刚好达到六十"甲子"时出生的。这被认为是一种非常幸运的巧合，即“极品风水”。全部款项，由义律上校拿走了3张旗昌洋行签发的期票，有效期30天，由浩官认付，由他在期票背面签名。义律上校把期票存到怡和洋行和宝顺洋行。这两家洋行和旗昌洋行一样都已迁到澳门。期票分别为40万、40万和30万元。这时旗昌洋行掌握有它的委托人，即在期票后面签名者的约250万元款额。下面的事，可作为浩官之所以获得显赫地位和商业机智的一个值得自豪的例子。在3张期票到期的前几天，在澳门收到他用中文写来的一封信，内容如下——

仁兄：

义律期票，业已签署，日内到期，即可付款，请来领取。贴现应为九百余元。

敬祝一日千里。

他立即通知怡和洋行和宝顺洋行，接受现款，较少贴现，这笔款额几达1000元。下一次我在广州见到浩官，他高兴地谈到这笔交易的结果，并说：“我对巴林公司全都一样。”这位老先生喜欢把自己和这家著名的行号比较。他通过旗昌洋行和巴林公司做过几年很大的生意。

向公行要钱从未停止过。有一个事例是总督要他们清还3位公行成员对“外夷”的债务。他们是兴泰[1]、

1. 兴泰：指兴泰行商严启昌。

茂官和经官。于是由浩官付100万，潘启官13万，潘海官[1]7万，爽官和佐官[2]每人5万，孚泰[3]9万。我叙述的这种情况，作为旧广州的一个特征，是中国用来防止与外国政府发生纠纷的一种措施。

与公文体裁的词句相反，行商的私人信札在礼仪上是无可挑剔的。这是许多信中的一封。1837年，我们外国侨民中的一些年轻人员，组织了一个“广州划船俱乐部”，准备在省河上划船或驾驶帆船。这是我们主要的娱乐活动和呼吸新鲜空气的方式。俱乐部还没有开展活动。行商的职责是做我们的“监护人”，同样从地方政府的眼光看来，又是我们的“担保人”，他们听到组织这个俱乐部的消息后，恐怕发生意外，写了这封信给我们的一位成员——

函达：

可敬的老先生：获悉老兄及各位先生拟举行河上划船竞赛，未知确否？此举向来所无，若官府闻悉，则弟等以轻率从事而受重责。河面船艇丛集，往来不息，易生冲撞，发生意外，甚至沉船伤人，后果甚重。

敬恳转告各位先生，切勿赛艇，无贻后患，各保

---

1. 潘海官：指仁和行商潘文海。他为中和行商潘文涛之弟。2. 爽官和佐官：爽官指同顺行商吴天垣，又名健彰，咸丰年间官至上海道。佐官指顺泰行商马佐良。3. 孚泰：指孚泰行商易元昌，原名容之。咸丰年间官湖北知县，被太平军所杀。

安宁为是。

大展宏图，万事如意。

（签名）

浩官、茂官、潘启官及其他行商等

浩官究竟有多少财产，是大家常常谈论的话题；但有一次，因提到他在稻田、房产、店铺、钱庄，以及在美国、英国船上的货物等各种各样的投资，在1834年，他计算一下，共约值2600万元。当时的购买力约等于现在的两倍，以现在的钱币来说，他拥有5200万元。

他为人很俭朴（就其生活方式而言），一则因为其性情如此，一则因为其身材瘦小，食量不大。而他的慷慨是无限度的。他的账目非常准确清楚，除绝对必需的以外，从不增加开销。在他管理得井井有条的庞大行号里，办公室占有两三个房间，陈设也极简单。

自可尊敬的东印度公司从广州退出以后，他也退出了和外国侨民的一般交易，专和旗昌洋行一家合作，他的对外贸易全由旗昌洋行一家代理。他在武夷山区拥有大片茶园，每年将从该处出产的名茶——功夫茶运往伦敦，它在英国市场上很受欢迎。他的交易额很大，全部由他的驻广州的代理人办理，他非常信任这些代理人，放手让他们去做。他的货物输出到英国、美国和印度。关于他慷慨大方的性格，我还可以举另一个事例来说明。这件事发生在近

50年前，当时未按照他的指示办理。我们替他载运一船他从产地订购的生丝。生丝卖出之后，获得很好的利润。按照他的指示，卖得的钱应在加尔各答换成东印度公司的期票。令人吃惊并使他失望的是，卖得的钱竟被投资在一船英国货物上。这时，与他输出货物不同，输入英国的制造品是很不明智的（当时中、英间的自由贸易正在开始）。因为在自由贸易开始之后，只有少量生丝出口。结果使他损失了几千元。等到我们知道损失是因为未执行他的指示而造成的，我们立即通知浩官，我们应当赔偿他的损失。

这位老先生回答说："让我想一想，明天告诉你。"到了第二天，在他的办公室，他答复道："请你写信给C先生[1]，请他以后要多加小心。"他一边说一边用手杖顿地以加强语气。他接受了毛织品，但拒绝接受赔偿。

公行在《南京条约》缔结后废除，前后存在了130年。这位举世闻名的公行的最后一位首领，于1843年9月4日在广州河南[2]去世，享年74岁。浩官和拿破仑、威灵顿都生于1769年。

选自《广州番鬼录 旧中国杂记》，广东人民出版社，2009年版

---

1. C先生：原注为"我们派去伦敦的一个合伙人，拜伦勋爵有一次写信给默里提到他，称为'恩塔西马西'，所以我们叫他作'塔西马西'"。
2. 河南：明清至民国时期，人们习惯将当时广州珠江南岸西起白鹅潭，东至"河南尾"（今草芳围），面积约3平方公里的城区称为"河南"。

三元里打仗日记（节选）

林福祥

本文选自清林福祥撰的《平海心筹》。《平海心筹》成书于清道光二十三年(1843)，分上、下两卷，附图十四幅，是作者于道光年间参加抗击英军的记录与总结。三元里位于广州城北五里，贴近泥城、四方炮台。1841 年 5 月在这里发生的人民抗英斗争，是中国近代史上人民群众第一场勇敢的反侵略战斗。作为这场斗争的参与者和领导者之一，林福祥在这篇日记中以简洁洗练的语言再现了当时四乡农民及其他劳动群众不畏强暴、奋勇杀敌的宏大历史画卷，同时对清朝政府投降媚外、屈辱求和，也表示了极大的愤慨。（编者注）

作者介绍

林福祥(1814—1864)，字亮予，号季薇、季眉，广东香山（今中山）人。鸦片战争爆发后，受命招募水勇，组成“平海营”，坚决抵抗英军。历任南昌、抚州、饶州知府，吉安赣宁兵备道，浙江布政使等职，参加与太平军的战争，在杭州被太平军俘获，得李秀成释放，后被浙江巡抚左宗棠捕杀。著有《平海心筹》。

初六七等日，予与城内信息不通，而谣言四起。有谓和议已定者，有谓大宪殉节者。然逆夷在三元里一带，恣其淫掠，人人为之发指。予连日与杨汝正劝谕数十乡，激以忠义，怵以利害，于是乡民怦怦欲战。初九日，予与各乡约，每乡设大旗一面，上书乡名，大锣数面，倘有缓急，一乡鸣锣，众乡皆出，予仍以水勇当头阵。约成，予即遣间谍密禀宫保，而举事犹无定期也。

初十日，逆夷由三元里过牛栏岗抢劫，予闻锣声不绝，即带水勇应之，而八十余乡，亦执旗继至。不转眼间，来会者众数万，刀斧犁锄，在手即成军器，儿童妇女，喊声亦助兵威。斯时也，重重叠叠，遍野漫山，已将夷兵困在垓心矣。彼此发炮，互有死伤，而最先阵亡者，则唯予之家人谭胜也。时天色晴明，忽而阴云四起，午刻，迅雷烈风，大雨如注，日夜不息。未刻后，逆夷之鸟枪火炮，俱被雨水湿透，施放不响。且夷兵俱穿皮鞋，三元里四面皆田，雨后泥泞土滑，夷兵寸步难行，水勇及乡民，遂分头截杀。予水勇砍得逆夷兵头首级一颗，杀毙夷兵十二名。乡民杀得夷兵二百余名，而水勇乡民战死者共二十名。盖是日夷兵在四方台下者，无不脱生去。时逆兵头义律、马礼逊尚带夷兵二十余名在台上，水勇等争欲上台擒杀。唯已三更，予恐黑夜上台，其枪炮由上击下，必致民勇受伤，且恐黑夜易至逃脱。爰命水勇乡民，屯在台下，终夜严守，将待天明而后捉生。

不意十一朝，有当事开城弹压者，且斥予等多事也。而人心解体矣。散矣。义律、马礼逊生矣。和矣。既得粤东之六百万，又往寇闽、浙、江苏矣。而后患遂无穷矣。假令是日一鼓歼绝，使其入虎门者，片帆不返，则六百万尚可不必破钞，而逆夷之辎重船只，反为我有，彼在外洋者，又乌能测内地之虚实，又何至有江浙之患哉？一日纵敌，数世之患。天乎！人乎！

选自《两次鸦片战争诗文选译》，巴蜀书社，1997 年版

五日风声（节选）

黄小配

《五日风声》，原标“近事小说”，署“世次郎著”，实际上是黄小配写的一篇报告文学。全文三万二千余字，具体描述了辛亥广州起义即黄花岗之役的全部过程。它连载于当时在广州出版的《南越报》上。（编者注）

作者介绍

黄小配（1872—1912），原名黄世仲，别署禺山世次郎，广东番禺（今广州）人。早年赴南洋谋生，1905年加入中国同盟会。曾任香港《中国日报》记者，与郑贯公创办《世界公益报》《广东日报》《有所谓报》。后被陈炯明杀害。著有《洪秀全演义》《宦海升沉录》《廿载繁华梦》《大马扁》等。

• 第一章　革命党发难

夕阳将下，起视时计，已迄三点有奇。突闻有怪声自城内出："乒乒"焉，"隆隆"焉，不绝于耳，以震人心胆，此则枪炮之轰鸣声也；俄而若天崩地陷，石破天惊，烟火迷漫，势若燎原，"烘烘"焉，"烘烘"焉，所至即倒，此炸弹发时也。探者走相告曰："被焚矣！督署被焚矣！"火如自焚，戢即自灭。彼枪炮炸弹，胡骇人眼帘，而震余耳鼓！徐见将令军符，络绎于道，马蹄响动，金鼓争鸣；防营也，卫队也，仓皇奔走，纷向内城，望督辕而去。探者又走相告曰："革命党来矣！革命党来矣！"

不一时，四城俱闭。内城居者，关门闭户；道路行者，慌忙奔窜，皆汗流浃背，面无人色。风声所播，以次及于外城，亦相将紧闭。城以外，向称繁盛地，铺户鳞比，商贾云屯，时则纷纷闭门，若罢市焉。街道纵横，往来如鲫，时则闻风奔走，唯恐不及。老的幼的，村的俏的，拖男带女，狼狈情形，触目皆是。以璀璨庄严之地，忽为仓忙惨淡之场，是何景象耶，是何时期耶？噫！狭巷短兵相接处，杀人如草不闻声，此即辛亥三月二十九日，革命党发难于羊城之时代也。

论者以巴黎为世界革命之中心点，以广东为中国革命之中心点。数年之间，南部一带，如云南之河口，如广西之镇南关，皆一时风涌。而广东境内，则革命党之所发难者，除庚子惠州一役，其经年余扰攘，而始数平之者，厥为钦、廉。若夫省会，则频年风鹤所及，虽不啻大敌常临，然武器之输入，运动之组织，待时而发，则乙未而后，此其再矣。先是，有刺客温生才者，或云粤之顺德人，或云粤之嘉应人。少曾隶于兵籍，继充为某道长随；壮乃鬻身外洋，作工于南洋之锡埠。习闻排满之说，复慕徐锡麟辈之为人，遂铤而走险，冀剸[1]刃于一满大员，以得一当。时广州将军（以下缺约三百字）

先是，革命党人欲发难于广东，乃潜行输进武器于内地。揆其所辅进者，必不止羊城一方面已也，料必先后输进于各地，以为同时并举者，皆在意中。故自孚将军被刺而后，凡破获私运之军械，时有所闻。夫官吏既有所破获，必仍有未能破获者可知，是党人之私运武器，其已进内地者，必为不少矣。然当日粤吏，犹镇静以处之，或仍望党人之自行解散也。及三月中旬而后，风声渐播。南海之西樵一地，更有好事之徒，制为谣言曰“定四月初一日起事于广东，杀尽官吏”云云。书此数语，遍贴乡间。识者皆知为事出无根，不过造谣惑听，而不意后日之适逢其会也。自是人心益为惶惧，凡旅居港澳之商人，其有眷属留居羊垣者，纷纷迁徙。且道路相传曰：“革命党将大举

1. 剸（tuán）：割，割断。

于羊城矣！”官吏之搜获其私运之军火，已值十余万金，然仍未及破获其十之一也。以此互相传说，而革党亦应自知所谋已渐露矣。有侨商某甲者，为革将李世桂之姻亲，于革党将谋举事，闻之已久，即以所闻革党图谋举事之说，告之李弁，且更为函以告之省中家人曰：“革命党将在羊垣举事矣。其举在何时，虽不可知，然料为期不远。顾若辈必无抢掠，可勿多虞。只防其时米价飞涨而已，为多储米石可也。”家人得悉，亦互告其亲戚。彼传此说，而人心之震动，亟图迁徙，亦原于此。

官场既以孚琦被刺，即下令戒严，遍查军火。于是惠州营勇，首在大兴轮船拿获陈、严二人。未几，严氏逃去，乃于所开之寿康药店拘拿严氏之弟。经以严刑鞫[1]之，其弟乃供开多人。虽当日官场布告，谓其畏刑过甚，其供词不足信，然安知不因是益加防范。及见居民已多迁徙，寓居旗界中者尤甚焉，以此更滋惶恐。其武大员复迭次警告粤督张鸣岐。时张鸣岐方兼署广州将军，遂先令旗兵严密防御，先后架运大炮于城垣。而党人之意，或以为军伙也，党羽也，既进于城内，将来事发，亦只巷战耳；城楼巨炮，只以敌城外，未必反攻其内，以毁居民。故官场运炮于城楼，仍不足以慑党人之胆。意者，大吏用心，以运

1. 鞫（jū）：审问犯人。

炮城楼，或明知无济，然借此示党人以风声既泄，望其解散，仍未可知也。复惧党人匿聚城内，乃广派侦探，并饬令营勇，凡形迹可疑之住宅，每夜必严搜之，于旗界街道，尤为注意。闻某员搜至一宅，其中确有党人十数名，而赴屋搜查者，仅三数人。该党人乃劫之曰：“此处诚为革党所聚。然汝辈速退，毋混乃公，否则同与毕命于此矣！”该搜查者惧，遂退出。而彼十数党人亦乘机遁去，或云其逾瓦面以转逃别屋，均未可知。惟自是党人知消息既泄，时已有欲行解散之势矣。遂于二十七日，闻由党首先遣发遄回洋界者百有余人。

事前二日，革党既欲解散，退回洋界者既有百余人，似风潮可以止息矣。继而各部领袖，以历数月之筹谋以输运武器，若一时解散，则前功尽废矣；况以千数人海外归来，来往盘川，已耗资不少，且购入武器，更为数不资；其尤难者，以形迹可疑之身，潜渡内地，此后之机会，尤为难觏[1]；复虑所耗巨资，难以对同志之党人也：于是，复决意实行。以为事已至此，断无中悔，纵官场先已知觉，然己之攻彼者在于明，彼之防己者在于暗；若更能一起以制其要害，即机会可成矣。乃派人赴退出羊垣者之所寓地，先后召回退出之同党，立行举事。计定赴省者若干

1. 觏（gòu）：遇见。

人，分轮附进。并闻党人最后之赴省者，皆顺携武器，大都以手枪藏于其身。或百人，或数十人，联翩同上，此即三月二十九日也。并相约曰："现在省吏戒严，则登步时必严密查搜。如有一二人以身藏军器被捕，则听其拿去；其或以大队官兵，欲将全群尽捕之，则立时即举。"盖其计定者，则于城内发起，以在城外新至者为相应；若其登步时全群被捕，始不得不先举于城外，以拒兵勇也。果也，于登步时，被获一人，其同行者惟置诸不问。未几，而寓居小东营及司后街之党人，乃先行发难。而焚扑督衙之事，于是乎出现矣。

第四章　督署之被炸及革党之失机

越日，即三月二十九日，而革党起事之期至矣。时有一部党羽，聚于仙湖街之始平书院，军伙之藏备尤多；盖准备其同党于该处领给军伙，亦准备就近以扼守大南、归德两门也。时期既至，乃先行通告各部，使为同时相应。其始原约以五点四十五分钟，视旗街火警为号。及仅五点余钟，而已传旗街火起。寄寓小东营之党人，早已齐集，以为去约期尚有二十余分钟也；然既闻火号已发，于是率队而出，各以白巾为号，鼓噪而前。此一部之中，约近百人，乃复分为二队：以一队直扑督辕，以一队攻焚督衙之箭道，横贯而进。其直扑督署之一队，为首者乃黄兴；而攻焚箭道之一队，为首者则刘梅卿及医学士川人余文纪也。

先是，有交通督辕卫队者，谓卫队可为内应，相与共约记号而归。故黄兴到时，尚克直进，向卫队高声喝曰："是吾同志者，速宜举手。"果也，卫队中有举手者约十余人。盖黄兴之为是言，欲使举手为号，免有误伤也。不意卫队中之十余人甫行举手，而其余之卫队先已自击其举手者矣。黄兴大愤，即传令其所部，使炸弹与枪齐发。卫队应声而倒者，已有数人。黄兴即手掷一炸弹，阶石为之震裂。黄兴即随炸弹而进，何克夫继之，以次则罗耀汉、李文甫，李应生、姚国梁等悉随其后。所持皆新式无烟七响短火，器小而精利，皆一面放枪，一面挨进。同时督辕卫队亦有还枪相击。此初扑督辕时之大略情形也。

时卫队以革党悉扑头门，故亦唯注意于头门之拒御。然革党既据头门而进，卫队以逃固不易，惟逼于猛御。未几，弹子所及，先中革党黄兴一手。何克夫以为黄兴已被伤也，欲前而代之。顾黄兴手既被伤，战势愈猛，目击卫队官带金振邦督战最力，乃先以一枪置金振邦于死地。盖黄兴在革党中，以准头著名也。乃金振邦虽死，而卫队仍不退。

未几，而箭道亦被焚矣。时刘梅卿引其党约四十人，既抵督辕箭道，先掷炸以焚之，即乘机扑进。中协何品璋首先抵御。刘梅卿以为当攻其主要，乃先击何品璋，仅中手部。何已负伤，革党乃乘机频放炸弹，卫队当者如波开浪裂。此一队革党遂先进内焉。时革党以督署前进被焚，张督若要逃走，必从后路，乃欲另分一小队，欲于督衙之后以要截之。有以为不可者，以徒死一张督，于己何益；今势力尚少，不如入而劫之，或得以为己助也。于是惟从箭道勇进。此乃张督能逃之唯一机会欤！

当是时也，督署头门烟火迷漫。张督自料难以逃脱，唯迎养于衙之亲父，则请其先逃；而张督则欲效死勿去，欲难来顺受也。嗣左右劝以徒死无益，劝请速逃，张督此时乃作逃计。唯时属下司道，以事到督辕会议犹有未散者，故同与此险。张督见火势洪烈，浸进宜斗，乃传令军兵不宜救火，只宜拒敌。故当卫队与党人搏战之际，张督令其部下先通后垣，即挈眷与属员及幕友同出，以避难于水师行台。张督此行，宜若有天幸也。

当时党人不知张督已从后垣先遁也，惟冒死扑进，而焚攻箭道之一队，独先入焉。刘梅卿等率党先攻退卫队，即进内室，至则阒寂[1]无人；及见后垣已破，始知张督已逃。至是而欲劫制张督者，计已落空。唯署内尚留一人，及未及逃出者，不知是何官宦，惟情形惶恐，面无人色。

---

1. 阒（qù）寂：寂静。

执而出人，彼则曰："吾非官也。"诘以张督何往，则曰："已逃矣！"乃释之。

闻是时党人巡至一处，见有巨大之铁夹万焉。有党人欲以镪水[1]爆发之，其首领曰："不可。此或为私家物，吾等持械而进，果如是，人将以吾等为盗劫矣。"因亦置之。后知其同党某，见案上有两时计，潜取之，闻亦为其首领所责。

然是时由箭道扑进之一队，以督署内人已尽逃，寻亦退出。惟首领黄兴方引其党羽攻扑头门，而仍未知攻焚箭道之一队先已入内地也。惟自念率党攻焚督辕，犹望同党各部有起而继进者，顾历十余分钟仍不见继至，方悟其与预约之期尚早二十余分钟也。乃再令坚持几时，以望同党各部之或至。此次坚持之间，党人每有被伤仆地仍急起复进者，其悍勇之处，几不知死为何事。无何，再持攻二十余分钟，而同党各部继至之消息又复寂然。黄兴悲愤交集，终不知同党各部何以仍不至也，至是已知事必无成也。黄兴□此时应作逃计，乃令其党羽连放炸弹，乘烟火迷漫之顷率队分逃。盖是时城中营勇已纷纷调动，各向督署赴援矣。

当黄兴之率党攻督辕也，党人杜君先被枪死于衙外辕门。其被伤者，仍随仆随起。初不以受伤而怯，自以不见

1. 镪（qiāng）水：指具有强酸性质的液体。

有后继者，而营勇已纷纷驰至，乃不得不退矣。然是时革党十一部中，亦有数据届期欲出者，共约二百人，相将至机关部领取军械。其所赴领械之地点，即仙湖街之始平书院是也。使多此二百人共同起事，则当日羊垣之局面仍未可知。无如此数部党人，欲领军械而终不能领也。

初，黄兴率党先攻督辕，本较预定之时期尚早二十余分钟。故该数部欲赴领军火之时，城中营勇已左驰右突。而各部党人，又以誓死不回之故，多从新剪发，故尤易辨认。是以赴领火时，远见营勇奔走，实不得不回避；横冲直撞，而此约二百人因之冲散。时机一过，而党人遂失此二百余人之助力矣。

先是，又有陈某者，新近投入革党中，为运军火三次，党人信之，许为心热而有才。复遣陈某赴省税宅为党人居，而不知陈某固政界侦探也。所运军火固与政界相约，即其手所税之住宅，皆为政界所知，早已分兵防范：刀出鞘，弓上弦，枪藏子弹，以窥伺此数宅。而寓居陈某所税之数宅之党人，乃寸步不能动矣。出不下百名，以不能动故，而革党又失此百人之助力矣。合失散而未领军械者，及不能动者，近三百人。而党人之后援绝，则往攻督衙之两队，虽欲不退，其可得乎？

第六章　黄兴之逃难及巷战余波

当黄兴焚炸督署、乘烟火迷漫而逃也，自击其同党之被毙者。除杜君而外，若陈少若、林尹民、罗裕光、石庆宽等，皆相继中弹，毙于督衙外之东西辕门。其重伤不能逃者，党人亦自击毙之，使免被捕。而衙以内之护勇，尤死伤枕藉。然以张督既逃，营勇纷至，乃相率同奔。然自有数部中欲赴机关部领取军火而不能者，队伍既已分散，其热心欲与于斯役而身已有枪者，多奔寻黄兴，若何克夫、赵声等是也。以故凡准备攻围水师行台及准备攻炸旗街者，皆不能举，惟同与于攻扑督衙。顾其时城中营勇但知督署有警，惟相率赴援督衙，于是督衙之附近街道，皆兵勇林立矣。此一队党人正不知从何而散。赵声曰："此时亦不能决定退行之路线，惟从事于易着手者而已。"故左冲右突，或往或来，忽进忽退，迄入夜而后，始复至天平街。以督衙与天平街相距本甚近耳，夜后而始至于该处，则黄兴所领之一队当时之进退维谷可知也。

天平街者，为水师提督行台之所在，即张督避难于其间者也。是时兵勇愈众，守卫尤严，此权革党仅数十人，欲从天平街通过，愚者亦知其难也。顾党人以各街皆营勇严防，避不胜避；且奔走愈多，则气力愈倦，计不如奋力以决一死生。由是黄兴在前，而赵声与何克夫继之，党人亦鱼贯而进。噫，此一队区区数十党人，于失败而后，持器虽新且利，然皆短火耳，其将恃何神术，而越此数百兵勇重屯之险地耶？

时有以天平街为大兵屯集请绕道而过者，赵声曰：“用兵之道，只凭一点锐气，若稍怀怯心，则其气馁矣。况附近街道，何一非营勇所守，岂绕道即可徒手而过乎！”乃决进。各备御敌，挨次而前，而营勇枪声先发。赵声厉声曰：“彼此皆同胞，吾辈非为私仇来也。汝辈月薪仅数元，乃为政府自残同种，何其愚耶！汝辈毋恃人众，吾等虽死，亦不任汝辈独生也。”言时，手携炸弹，欲作掷发状。营勇稍怯，赵声遂率勇齐过。

然既过一险，迎面者又兵勇林立矣，各擎枪以拟党人。党人知此队非战不可，乃不待营勇放枪，即为先发制人。彼黄兴与赵声，皆以善枪闻者也，枪声一发，应声而倒者先有两人。于是其余党人亦相继发枪，营勇亦还枪以相击。党人中李文甫脚上先着一弹，已不能行。党人方欲击之使速死，免为营勇捕，然而后面之营勇已作追状矣。先是，该队营勇为赵声之言所动，党人遂乘机出险；继见此时第二队营勇迫击，故该队惧以袖手为长官责也，乃从后欲追之。黄兴知此时更不容不急进，乃一面发枪与掷放炸弹，即冒烟突火而逃。适此时炸弹多就手，营勇时有被伤者，攻势颇缓，故党人遂得脱此险途。惟当时营勇虽有死伤，而党人尸首其横倒于天平街内者已有数具，因伤而被获者亦有数人。过此亦有少数兵勇拦截，特皆为党人击退。以党人此际，已不能不奋身夺险，遂以牺牲若干党羽，以通过天平街。

天平街既为兵勇林立，而溃败之党人竟能通过，有以此举为党人有奇勇者，亦有以此举为党人得奇幸者。及既过天平街，而营勇又复迎头纷至，而败残之革党，因之又复分散矣。或望南而出，以过藩署之前；或望北而逃，因是乃有飞来庙之战。

初，党人固以飞来庙附近为军械局在焉，本定议以一部分之党人掩袭之。及诸部不能举，然官场以军械重要，仍以盛兵屯驻。乃被冲之党人，适为营勇尾追，遂漫行至此。而刘梅卿所领一队，自越出观莲街后，复为兵勇所截，故逃至该地者亦有十余人。而向日之预伏于其附近者，亦欲乘此势得互相助力而出。乃齐攻军械局。盖惧驻守军械局之兵勇来追，欲借此以进为退也。不料驻守各兵，只奉令驻守械局，并不离局之左右。党人知之，乃相约作分逃计；而兵勇之追击党人者，适又已尾寻至此。党人以寡固不能敌众，中央亦不能当数面，瞥见有一杂货店焉，屯米极多，皆装成巨包者，遂分一队党羽入距该店。谓其店主人曰："须借贵号为战垒，否则惟以火对待，同归于尽而已。"言已，即排米包为壁垒焉，伏于其内，以击营勇。其余之党人，则分立街外作战，以为掎角。始则其店伴欲逃，党人不准。店伴曰："吾已不幸至北，君等既以大事起义，何以祸吾？"党人曰："吾非祸汝也，诚惧汝若逃出，官兵必不分皂白而杀之也。"店伴仍固请，党人听之。店伴乃钻穴而逃出店中。

果也，店伴既出，一一悉为官兵捕，以未辨其为店伴抑为党人也。寻则搜查之，诘问之，遂亦释放。而官兵惟注攻党人。时党人方负隅于该店中，叠米为垒，与营勇战。然而枪械虽存，弹子不断，且目击在铺外助战之党人，已因众寡不敌，先已散矣，至是乃不得不逃。有伺隙而去者，有逾垣而走者。营勇虽见党人既散，然初不敢进，或曰惧有炸弹也，因是而党人遁矣。

初，党人本以陆兰清招集党羽，先屯于北门外之某地，至是盖欲及时应出，以袭飞来庙之军械局，兼扼北路也。自此路不能举，而城北已无有为党人助者，至时惟各自分逃。有幸而得出生天者，亦有被击与被捕而同归于一死者。此固有幸有不幸，而亦外省人多不识路途故也。

惟黄兴等自越出天平街而后，惟向南而出。自知分散后此队不过二十余人，合已不能为敌，分则各自可逃，于是相约散。或潜回所寓，或潜至僻处，各行改装。亦有以所事不成，无面生出，持械荡游于街道中，有同党见之者，或劝之逃，则曰："何忍空手回去，果不幸则唯搏击一二以自泚耳。"故有未经战斗之街巷，而亦有横尸于其间者，即原于此。亦有以留身有待，徒死无益，而设法以逃者，独粤人周华，闻曾因足疾甫愈，以彻夜奔驰，腹复饥馁，不良于行，始敛手被捕。亦有以出城而不得者。若其余与死之党人，则苟非被击而亡，否亦因伤就掳，未有就手瑟缩而不斗者也。噫，党人亦悍矣哉！

党人既各散，及次晨后，已罕有结队行者矣。独闽人林文者，字广尘，又号时爽，年二十余，与其同族林尹民者，方取道南出，适与其同党二三人遇，诘以黄兴近状，知黄已易服脱险，数人乃相约同行。忽见同党刘元栋横卧街上，数人见之，不胜其凄惨；以元栋盈身是血，已被数十伤，至体无完肤也。元栋惟挥手使林时爽等去，盖口不能言，而示以徒死无济耳。林时爽知其不免，欲击之使速毙，未几而营勇数十适至。林时爽等以该处战必不利，先逃至大南门外，营勇亦尾随追之。二林同奋力放枪击营勇，先毙数人。徐则尹民亦被伤，自知不能退，惟不住枪击营兵，继以炸弹。维时尹民更被多伤，而其他之营勇复闻声至。尹民急令时爽等逃，已则自知必死，乃立而不去。计营勇之死于尹民手者，约十余人。尹民亦被十余伤，寻毙。营勇乃相率近时爽。时诸人俱遁，惟时爽逃至太平沙，伏于闸外。及营勇驰至，时爽先以枪击哨长，哨长毙。营勇益愤。以时爽孤身可捕，共乘之。时爽复击营勇数人，欲自戕，然已不及，遂为营勇捕矣。计时爽与攻督署，转于各街而至于此，彻夜战斗不倦，临捕犹格杀数人，固有为林氏惜者。

自是营勇惟闭城搜捕党人。若党人或以出城而被捕，或以个人失道而被击，已无巷战可言。若此后之毙、捕，及党人之供词，又当于后篇记之。

选自《血泪黄花　五日风声》，漓江出版社，1988年版

广州在轰炸中

夏衍

为了侵占广东，日军于1937年8月31日首次空袭广州，至1938年10月21日广州沦陷，对广州市进行了长达14个月的狂轰滥炸。据资料显示，当时日军悍然违反《海牙公约》，轰炸目标不是针对军事设施和战斗人员，而是对准当地百姓，几乎都集中在当年广州人口最稠密、商业最繁华的地段。其中规模最大、使广州损失最为惨重的是1938年五六月间的大轰炸，仅仅一个多星期，日军共出动飞机14批100架次，广州城内瓦砾与尸骸堆积。夏衍这篇报道真切地记录了当年的惨象。（《抗战记忆》）

作者介绍

夏衍（1900—1995），原名沈乃熙，字端轩，号端先，浙江杭县（今杭州）人。1920年赴日本留学。1927年回国，从事工人运动及翻译工作。1929年与鲁迅筹备左翼作家联盟。抗战爆发后，任《救亡日报》总编辑。新中国成立后任文化部副部长、中国文联副主席、中国电影家协会主席等职。著有《夏衍杂文随笔集》《夏衍剧作选》《夏衍电影论文集》等。

到傍晚，一天的轰炸完毕之后，除出几缕黄灰色的火焰之外，广州的天空依旧回复了她原有的澄澈与清明，几小时之前作为屠杀者掩藏处的一朵朵的轻云，依旧奇伟而又深邃地浮在人们的头上，这样美丽的自然，这样和平的大地，谁能设想这是一连十二日，每日轰炸几百民家、学校、医院，每天屠杀几千非武装平民、妇孺的场所！广州是被连续无目的地轰炸了十二日了，要轰炸到什么时候为止，谁也不能知道！广州街上尽是半疯狂状态地号哭着的失了丈夫和儿子的女人，尽是装在运货汽车上的一列列的白木棺材，残砖碎瓦，倒坏了烧毁了的民房，炸弹片，一排排的用芦席盖着的尸首，和由红变褐，由褐变黑了的血迹！晚风吹过来，空气中充满了火药气和血腥！是的，经过这十多天的轰炸，广州是遍体鳞伤了，任何一条路上走一百码，就可以看见一处惨痛的伤痕，但是，广州还活着，脉搏还正确而有力地鼓动着，遍体鳞伤是不能致命的！广州还在战斗，广州咬紧了牙根在忍受一切该忍受的苦痛！

不亲身经历过，是不会理解轰炸人口稠密都市的残酷和恐怖的。从去年九月起，广州是经了十个月的长期轰炸了，但是以前的目标是在近郊的铁路沿线，即使到市区来也不过小规模的轰炸。所以经过了这长时期之后，广州市民对于空袭渐渐从镇定而变成麻木了，两次警报之后还是维持交通，高射炮怒吼的时候市民也没有张皇的情状。外省到广东来的人们称赞广东人的镇定，广东人也拿这种镇定来自己夸耀，而忽略了对空袭的警觉和准备，于是，惨绝古今的惨闻，就在这种情形之下发生了！

五月二十八日起，敌机大规模地向广州市区轰炸了，来的飞机最少是十二架，最多的时候是五十二架，掷的炸弹都是三百磅至五百磅的巨弹，一次投下的弹数最多的日子是一百二十个，每天来袭最少三次。五月二十九日，六月六日，整日在轰炸中，全市民简直没有喘息的机会。投弹，全然是无目标的，商店、民家、学校、幼稚园、医院，甚至于屋顶上铺了法国国旗的韬美医院，全是他们的目标。五月二十八日，二十九日，每天死伤的人数是一千人以上。六月六日，死者一千二百，伤者简直无法统计。日本发言人声明要炸的军政机关，可差不多完全没有炸到，那样目标显著的市政府，周围投了几十个巨弹，但是结果只炸毁了几棵大树，和震碎了这伟大建筑物的一些玻璃。其实，即使炸中，这也是只和“房屋”作对，在军事上完全没有意义的。很明白，在这样大规模的轰炸下，敌人明明知道政府官员不在这些建筑物里办事，这只是一种诡辩，一种对国际间放送的掩护大屠杀的口实，在广州的外国新闻记者都知道。单就到今天为止，殉职的军警还不到死难平民的千分之一这一件事，就可以知道日本帝国主义者要轰炸的目标究竟是什么了。

这是一种人间地狱的情景！我依旧要说，不亲身经历过是不会理解的。你知道炸弹在你近处落下的时候所发出的那种和空气摩擦的"哗哗哗哗"的声音吗？这惨厉的声音以一种可怕的力量，深压到每个被威胁者的灵魂深底，在这一瞬间使你失去思考的余裕，闭着眼睛等着，也许下一瞬间你的生命就会这样的消去！接着，是震破耳膜一般的轰响，窗格的震动，玻璃裂响，一两秒钟之后是一阵黄灰色的烟，冲鼻子的是一种泥土和火药气混在一起的使人喷嚏的臭气……当然，在这几秒钟间，几十几百也许是近千的生命是像蝼蚁一样的消失了！这过程反复重叠着，从清晨五点钟到傍晚，从晚间七点到午夜。

在猛烈的轰炸中，人们是并不感到特别的恐怖的，不，可以说，在那决定生命或断或续的瞬间，人们心里会自然地产生出一种超过恐怖的安定感的。人们伏在地上，没有话，没有表情，有的还默默地凝视着也许他从来不曾看见过的地上的小虫。在聚集着几百个人的逃难处，沉默得像一座森林，连小孩也不敢哭，被一种无限的森严镇压住了！

广州最繁盛的街道，全被炸成瓦砾场了。黄沙车站附近，已经是一片平地了。文化街的永汉路、惠爱路、长堤，每走几十步不是一堆焦土和残砖，就是一排炸成碎片压成血浆的尸体。五百磅的炸弹下面，钢骨水门汀的高层建筑也是没有抵御力的，那种惨状谁也不能想象。路上散碎着人的肉，毛茸茸的小孩的头盖，灰黄色的脑浆，炸到几十步远的墙上的紫蓝色的肚肠，风吹着，这肠子在慢慢地摇晃，红的血被太阳一晒，变成赤黑色的凝块了。尸亲发着低低的泣声，在尸丛里面寻找他们的骨肉，找不到的时候痴呆地回去，找到了的时候一阵凄厉的哭声。我看见一个四十几岁光景的妇人捏着一张照片，揭开盖着尸首的芦席和草纸一个个地在寻她失踪了的亲戚，看照片，那是一个十四五岁的天真烂漫的姑娘。

我是一向怕看死人，怕看人血的，可是现在，我能够在尸场上慢慢地走，我能够踏过那涂满了街道的“血路”了，不踏同胞的无辜的血，是不能通过罹灾区域的！残酷吗？不，这是感觉的麻痹，这是对于恐怖的感受的疲劳和饱和！

广州是以街道树的美丽出名的，而现在连这些正开着花的树也遭了殃。附近落了弹，这路上的街道树就会换了模样，红的花，绿的叶，全震落在地上，不炸倒的树，也变成落了叶的枯树了。我们看到路上有落叶，就可以知道这一带有炸弹。

对于投弹的漫无目标和野蛮残酷，真使我们怀疑从飞机中投弹的是不是和我们同样的有父母儿女，有知觉感受的人类！二十九日第二次炸惠爱路，看见红十字会和童子军在上一次灾场发掘尸体，而他们竟低飞对准这发掘工作者投了三个炸弹，这是战争吗？这些被屠杀的是战斗员吗？我想问问西方先进国家的朋友。

香港英文《中国邮报》的驻粤记者报告中有下述的一段：“余与一美国摄影记者，蹲于爱群酒店之屋顶，而观惨剧之开演。余非故作惊人之言，汉民路为广州市第一大通衢，是日平民之被炸毙于该路者达六百余人，全路路面，为之作赤色，葬身华侨理发店之瓦砾堆中者，亦有百余人，盖五百磅炸弹一枚，曾坠于是也。余曾见三所学校，惨遭炸毁，其中一校，尚有十数童尸，横陈地上。余助红十字队工作，发掘十五英尺瓦砾，见一年约十八岁之女子，虽被埋压，然幸未受伤，彼指导红十字会人员发掘，救出彼之老父；余又见一妇人，背负孩子，该孩子已死去多时，慈爱之母亲，犹不忍将之放下，抱头痛哭；又见一孩，坐于死猫之旁痛哭，彼犹不知一家八口只得彼一人生存，一般推测，该孩子当空袭时，必因追猫出外，而其家人则尽葬身瓦砾丛中矣。”

同样地一个老年的医生对记者发表谈话说：“我从事医生三十年，从未经验过这种惨绝人寰的患者，一妇人以手按住已流出之肚肠，而犹频频回头视其背上的婴儿，而此婴儿之头盖，已被机枪子弹扫去一半。”人间何世？这是什么世界？世界上一切理智清明的人，能够袖手旁观，让这野蛮的屠杀继续下去，扩大下去吗？

这样的屠杀，继续着，我在轰炸中零零碎碎地写这篇通讯，已经因为警报而停笔了四次了。今天是大轰炸、大屠杀的第十二日，昨天是旧历五月十一，上弦月已经半圆，今后未死的广州人是要遭遇到更惨的夜袭了！

选自《中外记者笔下的第二次世界大战》，东方出版社，1987 年版

1957年，我的广交会之旅

潘西佛

“我清楚地意识到，新西兰急切需要寻找新的贸易伙伴，即使花再多时间也在所不惜。这个工作越快开展效果就越好，我们不能再浪费时间，而地大物博、人口众多的中国无疑是我们的最佳选择。”

作者介绍

潘西佛（1929—2010），新西兰—中国贸易协会前主席和终身荣誉会员、中国国际贸易促进委员会荣誉会员，1957年10月第一次参加广交会，此后一直追随这一商贸盛会，在2006年第100届广交会上，获得“百届辉煌杰出贡献奖”，一生致力于推动新西兰与中国的贸易。

众所周知，首届广交会于1957年4月举行。当时我并没有参加，因为我们在新西兰还没有听说过这个展会。

当时澳大利亚和新西兰都还没有和中国正式建立外交关系（事实上，到了1972年12月，新西兰和澳大利亚与北京的政治事务才正常化）。当年新西兰总理是凯思·赫约克，他奉行美国国务卿约翰·福斯特·杜勒斯的信条，认为中华人民共和国并不存在，而且也不应该被承认并与之进行贸易。

从1956年开始，我就已经和中国有生意往来。因此，在1957年10月，我受邀参加广交会，由于当时的政治形势和贸易条件，我的行程安排颇费周折。那年，我是唯一一个受邀参加广交会的新西兰商人。为此，新西兰商务部还曾试图劝阻我，但我还是决定前往。当时，新西兰的国际贸易大部分都是与英国进行的，而那时英国正在酝酿组建一个欧盟区的设想。我清楚地意识到，新西兰急切需要寻找新的贸易伙伴，即使花再多时间也在所不惜。这个工作越快开展效果就越好，我们不能再浪费时间，而地大物博、人口众多的中国无疑是我们的最佳选择。

那时受条件限制，从新西兰到广州需要一个星期，而现在只需乘几个小时的商务机，就可以经新加坡、中国香港，或者是日本和韩国中转到中国的许多城市。

当时进入中国内地的唯一通道就是从香港乘火车进入。那时参加广交会需要带上官方邀请函和一个近期有效护照亲自去位于弥敦道的中国旅行社办理相关手续。在填完正式申请表和其他有关表格并用港币缴纳了相关费用后，旅行社收起了我们的护照和相关证明文件，然后给我们开具了收据。他们告诉我们须在两天内到天星码头对面的九龙火车站乘坐上午 7 时 30 分的火车到广州。

但是他们并没有进一步给我确认。只是说我的护照和其他文件被送去广州办理进入中国内地的签证了，两天内就能办好送回来。和其他去参加广交会的商人一样，我准时在预约好的那天 7 时 30 分到达中国旅行社，在接待室接受了最后的检查并拿回了我的护照，包括一张从香港到港深边境处罗湖站的火车票。此外，文件中还包括一张可以在边境使用的午餐券。

火车准时在 8 点离开，于 11 点到达罗湖。车厢里加上我共有 7 个人，其他 6 个都是从香港来的商人。中国的一切对我来说都是非常新奇的。同一列车的几个来自英国或欧洲其他国家的外国人，1949 年前都在中国工作过或生活过。当中一些人还会说流利的广东话，他们都非常友善，给了我很大帮助，而不是把我看成竞争对手。

接下来，我们被带到了一间边境室，所有的文件、护照和国际健康证都要在这里经过严格的审查。然后有人带我们过了罗湖桥。桥的正中间站着边境的警卫员，香港的站在边境线的这一边，而中国内地的则站在边境的另一边。我们来到了一栋 3 层高的海关大楼，进了大厅，海关人员严格地检查了我们的行李和填好的文件，分别是《海关声明》和《外汇声明》。我觉得有些奇怪的是，两份文件都依次用了三种语言：中文、俄文和英文。

那时候边境还只是一个有五六百渔民的小渔村，而今已经变成有近千万人口的深圳市，中国的变化可谓一日千里。

我们享用了一顿美味的午餐，还喝了9罐可口的华南啤酒。正午的时候，我们上了一列开往广州的新火车。广交会组织者给予了我们热烈的欢迎，并给我们各配了一位官方翻译。我的翻译是天津人，只会讲普通话。但这在广州比较麻烦，因为广州人只讲粤语。

我们上了车，5点后到了酒店。这一天感觉过得挺长的。我们的酒店叫“爱群”，翻译成中文有点儿像“爱人民”的意思。

当年的广交会也是在现在的流花路举行，当时叫“中苏友好大厦”。但是以前的规模很小，而且东方宾馆也还没建成。每天我们都搭巴士来回，中午在会馆吃。午餐有虾仁炒饭，还有茶。

午餐时间是两小时，每个人吃完后都会休息一会儿。酒店和广交会会馆都没有装空调，酒店房间里也没有电话。这对我们来说都不是问题，因为当时我们也没人要用电话。如果香港客商要打电话回香港，他们就到邮局去打。如果我们想兑换人民币，我们就得带上外汇申请表到银行，并根据《外汇声明》的条款相应地兑换。根据这份声明，我们返回经过香港时要把我们手中的人民币兑换成相应的外币，如果不这样做的话，麻烦就会挺大的。

广交会展出的产品范围很有限，因为中国在那时还没达到可以广泛生产各种产品的阶段。几乎中国所有的出口商品都在这儿展览，这是广交会一直名声在外的原因。那时纺织品行业正处于萌芽阶段，而高技术含量的轻工业产品更难找了。

早期，广交会的会期往往长达1个月。对于买家来说，他们得根据前三个星期的意向成交情况、中国的经济发展计划及五年计划的需要获得一定的外汇分配额后才能和卖方下订单。换言之，卖方不得不等到第四个星期才会和买方签订合同。

我在下榻宾馆留意到一个现象——在我入住的三个星期里，酒店入住人数最多的一天为35人，但当中一位女士也见不到。我想并不是中国不允许外国女人进入，而是当时大多数西方的女士都不能忍受中国在那个时代的艰辛环境……

选自《亲历广交会》，南方日报出版社，2006年版

广州南越王墓（节选）

麦英豪　黄淼章　谭庆芝

1983年是广州考古史上重要的一年。这年6月，广东省政府在解放北路象岗山顶进行基建施工时发现大石板，施工负责人马上报告文物部门。经考古人员调查，确认为一座南越国大型石室墓，并且没有被盗扰。……经过夜以继日的奋战，发掘工作圆满结束。发掘结果震惊国内外——在1000多件套出土文物中，有金印3枚，还有铜、玉、水晶、玛瑙、绿松石和象牙印玺共23枚，其中“文帝行玺”金印和“赵眜”玉印可以确认墓主人就是西汉南越国第二代王赵眜，这是岭南地区考古发掘规模最大、保存最完好、出土文物最丰富的彩绘石室墓，也是广州地区首次发现汉代诸侯王陵。（《广州文博·麦英豪先生逝世周年纪念专辑》）

作者介绍

麦英豪（1929—2016），广州人。曾任广州博物馆馆长、广州市文物管理委员会副主任、全国历史文化名城保护专家委员会委员等职。著有《广州汉墓》（合作）、《广州西村窑》（合作）、《西汉南越王墓》（合作、主编）。

黄淼章（1954—　），广东梅州人。曾任广州市文物考古队队长、广州市文物考古研究所副所长、广东民间工艺博物馆馆长等职。主编《南越国史》，与人合著《广州西村窑》。

谭庆芝（1951—　），湖南常德人。曾任广州博物馆党支部书记兼副馆长。

• 石匠启门

（1983 年）9 月 13 日，西耳室的清理工作已是尾声，5 支大象牙原堆不动，灌石膏套木箱整取。还有装满车马饰的一个竹笥和一件铁铠甲也整取入仓，留待日后再做室内处理。至此，第一阶段的工作完成。是日下午我们兵分多路，黄展岳起草《象岗汉墓发掘简报》（第一号），把第一阶段的发掘情况与工作成果向广东省和广州市领导及相关部门汇报。行政组苏桂芬、谭庆芝已为明天开始的全队到清远飞来寺进行休整和工作小结做好各种准备。我（麦英豪）和杨式挺主持部分队员开会，找寻打开第二道石门的门路。这是一次很特别的众诸葛亮献计会议。首先请后德俊向大家介绍了他在石门板后所观察到的情况和无法施用机械除锈的原因。虽然大家也是头一回碰上这样的新鲜事，但众“诸葛”还是你一言我一语地谈出自己的“高招”。善策当然是打开石门之策，哪怕是只打开一扇门板也可以了，但前提是石门要保存完好，不能受损，如果打不开，可考虑试行：

1. 揭盖。将主棺室已露出的几块顶盖石板揭开，考古人员从室顶下去，以后再复原。

2. 开侧门。在两侧石墙或后墙外边挖一个竖井，然后从外面拆开部分石墙，只要拆开一个可进出的门洞就行。

3. 挖地道。就从已开挖过的小坑道处扩宽加深，只要挖出一条给工作人员能够弓身入内的通道就行。

真的是办法总比困难多，大家提出的虽算不上是上策，但在对打开石门仍无计可施的时候，也不失为可供考虑的方案。但我想，3 个方案都存在严重不足。比如将主室几块顶盖石板全部吊离，因为根据黄淼章等“闯宫”侦察得知，这几块石板都有纵裂缝，我们无法从板缝中伸入钢板将已有裂缝的顶盖石板先行托住，这样起吊太危险了，如果石板散裂塌下，后果不堪设想，室内随葬物的安全完全得不到保证。并且，古墓发现后，我们就一直在考虑着，这是岭南地区首次发现的石室大墓，极有可能是南越国某代王的陵冢，又未被盗扰破坏，发掘之后，原墓原址保护，并建为一座遗址博物馆多好。不用说出土的众多珍宝，光是这座石构大墓，已经是岭南年代最早的一座地下建筑了。何况目前已清理了古墓的前室东西两耳室和外藏椁与墓道，出土的珍贵文物已堆满了仓库的大半。主室是墓主人的寝宫，更为重要。所以，理当确保墓室原貌。在如何打开石门的这个难题上，难就难在不能让石门受损。如果我们在发掘方法、施工方式上考虑不周，人为地将墓室部分拆除，以后再修建，这就不算是科学的发掘了。再者，若从旁边挖竖井，开侧门，这也难办。这座古墓不是像今天的框架结构房子，可以较随便地拆改。加上我们对墓内的石室结构情况还未清楚，切不可轻举妄动，至于在门下扩大坑道，事实上也是行不通的。因为光是后藏室就见到有铁鼎、铜鼎等形体很大的器物，以后怎样安全地从坑道运出来？我对大家说：“能否找出妥善的办法开启这道石门，是我们下一步清理工作的关键，这是个难题，希望明天大家到清远进行小休和总结，也带着这个问题一起考虑，把你们的良方妙计带回来。”

9月14日上午，象岗汉墓发掘队的队员由发掘领导小组欧初组长和黄展岳、杨式挺两位副队长带领，启程到清远（其时属广州市的辖县）飞来寺休整和总结。我是队长，申请留守值班，得到批准。在留守的3天时间，除了照管发掘现场和文物仓库的文物上架等事项外，脑子清闲了些，就在墓地转悠，站在两扇石板门前发呆，“世上无难事，只怕有心人。我不信，我们就真的束手无策？”口中喃喃自语。突然想到俗语有讲：靠山吃山，靠海吃海，靠近石山打石头。广东五华县石山多，采石的矿场多，五华的打石工是全省出了名的。广州市园林局园林工程队就有一支人强马壮的石工队伍，他们除了担负市政园林的石构工程外，五羊石像、广州解放纪念像等广州著名城雕石刻，都是他们刻凿的。我多次到过他们的工场，看过他们的“治石”操作，何不去联系一下，请他们派一位“治石”师傅来现场看看，也许有办法哩。很快，把石工队的陈日荣队长请来了，我向他介绍了情况后，讲明打开石门的要求：目的只有一个，保住石门。在打开石门过程中一定要保护石门完好无损，不能用破坏性的机械操作，更不可用酸性等腐蚀性的化学药物除锈，以免留下后患；两扇门板，如果只能打开一扇也算成功了。只见这位陈队长一边听我讲，两眼一边在石门上打量，一言不发。我的话讲完，他就伸手到门板的上下轴探摸一番，再从坑道钻入室内，过了一阵子，他出来了，对我说：“过两天我就带人来，按照你的要求打开石门好了。”我不敢相信地追问：“老陈，有何妙计？”“无可奉告，过两日自见分晓！”他微笑着给我一个摸不着头脑的外交辞令式的回答。

9月16日下午，开赴清远小休的队员回来了。当晚，我挂了电话向国家文物局谢辰生汇报阶段性工作和眼下碰到的难题。老谢告知，文物局与考古所的领导沈竹、夏鼐、王廷芳定于明天（17日）到广州，了解发掘进展和慰问发掘队员。第二天上午，我们又将石门前的坑道扩宽挖深一点，让韩悦、姜言忠和何继东依次进入主室内拍电影、摄影和录像，把后部的4室及石门里面的状况记录下来，接着由杜玉生、冼锦祥入内测绘位于石门后面的几堆陶璧的平面图，然后把一部分陶璧暂时起取，为打开石门腾出一块可以工作的场地。下午四时，夏鼐三人来到工地，视察了墓地情况和清理发掘后的前部3室，又观看了上午刚拍下的主室内录像，走到第二道石门之前伸手推了一下，笑着说：“老麦，这和满城一号汉墓的石门不同，但我认为还是想法打开为好，不过，白荣金也拿它没奈何，看来只有等石工师傅来出奇制胜了。”18日早上，陈队长和他的两位助手来了，还有一套起重的铁葫芦和几根茶树木的撬棍。两位助手又向我们要了三根长杉木，勒紧一头，竖起来形成一个起重的三脚架，系上铁葫芦。陈队长一人从坑道入内，因坑道已扩大了，他一下子就爬进去挥起小铁锄，在右（西）边的石门砧下刨了一阵子，看到石门板动了一下，“快把麻袋、钢丝绳传入来，进来一人，扶稳门板！”老陈在里面喊他的助手。接着，他再从石砧下面刨土。这扇门板由 4 只大手把着，有点向东徐徐倾斜并下沉，门板的两边都有空隙了，只见他们利索地垫上麻包，缠上钢丝绳（一头已挂在葫芦的铁钩上），在门外的那位助手不停地拉动葫芦的滑轮，绷紧了。石门板又稍向前倾斜，徐徐升起，石门开启了！围观的队员向 3 位石工师傅报以一阵热烈的掌声。

石门板移到地面平放稳妥后，陈队长过来对我说，你们检查石门时遗漏了一个重要的关键，这扇门板套着铜圈的上轴，原已断了，有一道裂纹，你们未察觉。我在前天来工地时，看到第一道石门的两个上轴都截断了。我有所注意。我检查第二道门时发现了。这道石门下轴的铜碗垫已经和门板锈死了，动不得。但只要把砧石下面的泥土挖空，因上轴已裂了，门板很重，自然向下沉降与门楣石分离的，我对你说无可奉告的奥妙就在这里。但东边的那扇门板，上下轴都好，未见裂纹，就不好打开了。我们恍然大悟。老陈和几位师傅都是治石的能工巧匠，实践出真知！

• 自报家门

9月22日下午5时左右，一个戏剧性的高潮出现了。副队长黄展岳在玉衣上约当胸部偏右处，一块斜竖着的玉璧旁边发现了一件金黄色的器物。他细心地把一片朱红色的残漆皮剔开，轻轻拂去附着上面的泥土，一条造型奇巧的金色小蟠龙立在一小块的方形台面上，金灿灿的，耀人眼目。“啊！又是一枚金印，是龙钮的！”老黄也禁不住内心的激动而喊了出来。他平素讲话的声音较小，虽然这时心跳似乎加快了点，但喊声还不大，却惊动了在室内清理的工作人员。之前发现的印钮是龟钮和覆斗钮，在古印中常见，但龙钮的金印在全国汉墓出土物中还未发现过。这枚金印将是揭开墓主之谜、解决墓主身份的关键。一位性急的队员按捺不住自己的心情，正伸手想翻开印文看看。“别动！”这时在旁工作的我像下命令一样冲口而出，加以制止。又轻声地说：“还未录像、拍电影、拍照呢，怎么就要翻动？”那位考古队员听到喊声，伸出的手有点儿哆嗦，立即缩了回去，有点不好意思地对着其他人说：“啊，是我一时激动，差点忘了考古工作规程。快，快，拍完录像看看它到底刻的是啥字。”我看看手表，时针指向6时已过8分了，对黄展岳说：“金印要保持原位，要下班了，吃过饭，拍电影、照片、录像之后，再翻动也不迟，老黄，你意下如何？”黄展岳点点头同意。

晚餐很丰富，厨房师傅好像已经知道发掘有重大发现要表示祝贺似的，今餐特为考古队员加了一道广东名菜——东江盐焗鸡和脆皮烧鹅的拼盘。但大家一心惦着那颗金印，对这美食好像兴趣不浓似的，囫囵吞枣地吃完饭，就迫不及待地赶返发掘现场。韩悦肩扛电影摄影机，吴继东举起录像枪，姜言忠的摄影机也调好了角度，他们 3 人轮番进出，大家可能都心情紧张，除了“吱、吱、吱……”的摄影机器声之外，听不到讲话声。真是此时无声胜有声！在耀眼的碘钨灯下，看得更清楚了，这颗金印斜靠在一块斜竖着的玉璧旁，其侧边正是一把玉具剑的剑柄上方，金光灿亮，印钮的游龙躯体矫健，盘身昂首，似乎要离地而起，飞向考古学家们的手中。打从 6 月 8 日象岗古墓发现到 9 月 22 日，不知不觉过了一百多个日日夜夜。我们每人都在默默地盼望着有一天能找到可以确切证明墓主身份的随葬品物证，现在已摆在眼前，大家都相信只要一翻开，这个谜就解开了，但得等着师傅们先把拍摄等记录工作做完啊。时间却像凝结了似的。

金印出土位置相当玉衣的上胸部右侧，斜靠在一把铁剑的基部处，旁边还有一块玉璧。这枚金印原来与两枚无字的玉印放在一个漆盘内，漆盘朽坏了，金印亦向右移了位。两鬓花白的黄展岳先生坐在室内一角处，耐心等待给金印出土拍电影、录像、拍照片的工作依次完成后，只见他手执小毛笔，再次轻轻拂去金印上的浮土，小心谨慎地伸出两个手指捏住沉甸甸的龙钮，把金印提起放入手心，然后屏着气，慢慢翻转。当这枚金印的正面显露时，“文帝行玺”4字由左而右、从上而下读，刚劲有力，布白均匀，带边栏，还有十字格，不失秦印之风。一件绝世2000年的镇墓之宝横空出世。

考古队员都翘首望着黄展岳手中那明净锃亮、金光灿灿的玺印，然后是不约而同地“啊！”了一声，然后是一阵欢呼。特别是我们经年在广州工作的考古队员魂萦梦牵的多年夙愿实现了，广州考古史上的一个重大古老的历史悬案解决了，南越王陵，终于经由我们的双手发掘出来了。象岗大墓的墓主就是南越文帝！赵眜就是《史记》中记载，汉朝廷赐谥的南越文王——自称南越武帝的开国之君赵佗的孙子。我们骤感时光倒逝，仿佛又回到了2000年前南越国的历史时代。

“一颗龙钮的‘文帝行玺’金印今晚出土……”这是深夜从广州拨到北京夏鼐家中的长途电话。夏先生既高兴又深为惋惜地说：“首先，我祝贺你们取得这个重要的发现！我昨天下午才离开广州工地回北京，只差这么一天，我没有眼福能亲自看到这枚‘皇帝’印的出土，十分可惜啊！”另一个耳机上响起：“我早说过你们不用急于要知道墓主是谁，他会出来讲话的，今晚不是墓主出来向你们自报家门了吗？我认为这座南越王墓有三个至为难得：一是从新中国成立以后的考古发掘所见，凡属大型的墓几乎都被盗掘，十室九空，而南越王墓未受盗扰，保存完好，实在难得；其次，发现时墓内未遭任何扰乱破坏，这对科学研究有特别重要的价值；还有，这座石室墓是岭南发现规模最大，随葬物最丰富，墓主人身份最高的西汉大墓。司马迁的《史记》、班固的《汉书》均为主人入传，因而墓主的史事清楚，年代精确。还记得 7 月 1 日我送国务院批准发掘的文件到广州时曾讲过，你们今次的发掘在中国考古学上又一次取得重大突破，这句话按现在的发现看来估计无误。我深为你们取得这个重大发现而高兴！请代我向全体发掘队员表示祝贺！”这是国家文物局谢辰生顾问在接到报喜时给我们的回话。

这位自号南越文帝的象岗大墓主人，有关他的史事在《史记》《汉书》的南越（粤）传中有载，他是赵佗之孙。汉建元四年（前 137）佗卒，由他继位。就在这一年，东邻的闽越王郢派兵犯南越边境，赵胡派人上书给汉武帝说：“南越和闽越都是中国的藩臣，不应擅自攻击。现闽越派兵侵我南越，臣不敢擅自出兵，请求天子处理。”他一心想把这个球踢给汉廷中央。不想正中汉武帝下怀，一面赞赏他忠于藩臣的职守，一面派出两将军讨伐闽越。事平，汉廷向南越提出要求，南越王到长安“入见天子”。这的确令他左右为难。他听了臣下的劝说，生怕有去难回，但又不能得罪汉廷，只得派太子婴齐到长安做人质，做了汉武帝的宿卫。传载，赵胡多病，大约到元狩元年（前 122）病死，太子婴齐请归，继位做南越国的第三代君主。

关于南越国第二代王是否僭称帝号，《史记》《汉书》记载不同，《史记》只说“高后时……佗乃自尊号为南越武帝”，未有明确提及第二代王有僭号的事。而《汉书》本传载：“婴齐嗣立，即藏其先武帝、文帝玺。”有说“文帝”二字是衍文，谁是谁非，史家争论千年，莫衷一是。今日有实物出土与《汉书》记载相印证，说明班固修《汉书》时，除了用《史记》为蓝本外，还有国家档案的资料作增补的。

由于西耳室出有“眜”字封泥，纳入棺内随葬的“赵眜”玉印得以认定是墓主的名章。“文帝行玺”金印与名章同出，据《汉书》本传的记载，文帝是第二代王也可以确认的。但是，在《史记》《汉书》本传都记载南越第二代王叫赵胡（“佗孙胡为南越王”）而不是赵眜，文献记载与出土实物对不上号，关乎这个问题，有过多种解说。或曰“眜”是名，“胡”是字，《史记》《汉书》只书其字。我们认为，这个说法忽略了中国古来自称只用名，称呼他人为了表示尊敬而略去其姓名，仅称他的字是一种礼习。即所谓“名以正体，字以表德”（《颜氏家训·风操篇》）。例如，孔子自称“丘”，他人则称其字曰“仲尼”，直到今人张学良先生，“汉卿”是别人称他的字。回过头来看看《史记》《汉书》本传记载：第二代南越王初即位，发生了闽越王出兵侵犯南越的事件，汉武帝出兵助南越，又派使臣谕意南越王到长安向汉天子朝请，胡对汉使说："国新被寇，使者行矣，胡方日夜装入见天子。"可见《史记》《汉书》称佗孙胡，是称他的名，而不是叫他的字，这是清楚不过的。亦有说是出于司马迁所据档案有误，因外藩事略，或者是后人传抄之误。这也是不可能的，"胡"的名字在《史记》本传8次出现，在《汉书》也有7次出现，没有可能两传同在一段记述某人的史事中，连主人公"胡"的名字出现七八次之多，竟会全错的？正如上面谈到的，《汉书》本传在"婴齐嗣立，即藏其先武帝、文帝玺"，在这短短的13个字的记事中，班氏就注意到补上《史记》本传没有的"文帝"二字，证明其治史的严肃认真。还有学者认为"胡"是华语的名，"眜"是南越方言的越音名。中国古时一人有两名或多名的，如吴王夫差的父亲吴王光，又名阖闾，吴王僚又名州于。"阖闾"和"州于"都是吴越语音的名字。在其他名物上也有同一事物因语音不同而有不同称谓的，如著名的张良遇黄石公于圯上的故事，圯上老人的"圯"是东楚方言，华语叫"桥上老人"。我们认为"胡"与"眜"是因华语标音和地方语标音不同的结果，是比较合乎当时的史地情况的。可惜南越立国距今已有2200多年，当时的方言已无可征信，今天也很难取得确证了。

选自《广州南越王墓》，生活·读书·新知三联书店，2005年版

『申亚』成功的狂欢之夜

万振环

2010年11月12日至2010年11月27日，有45个国家和地区的12000多名运动员汇聚广州，参与各项赛事争夺，其赛事规模创历届亚运会之最。广州亚运会成为亚运会史上规模最大的一次盛会，共设42个大项。中国代表团最终以199块金牌、119块银牌以及98块铜牌，共计416枚奖牌位列奖牌榜第一名。广州亚运会有多项纪录入选中国世界纪录协会亚运会之最、中国之最、世界之最。（编者注）

作者介绍

万振环（1939— ），广东五华人。曾任《羊城晚报》文艺部副主任、主任编辑，广东省作协第五、第六届理事。著有长篇小说《喋血东江》《攀登》《滥情的忏悔》，长篇报告文学《华海涛声》《一面永不褪色的旗帜》《商界怪杰》，散文集《寻觅芳踪》《情在何处》《我与孙犁的深情厚谊》等。

羊城历来对举办体育盛会充满热情。全国六运会、九运会以及世界女足比赛等等，均曾经由广州承办。随着广州经济的腾飞，城市建设日新月异，体育设施日臻完善，以及环保的显著改观，她变得越来越美丽。广州，确实已经具备“申亚”的足够条件。

这一美好愿望，终于在2004年7月1日变成现实。喜讯传来，整个羊城一片欢腾，美丽的羊城变成了不夜城!

胜券在握的广州，当晚7时30分开始，就在琶洲国际会展中心举行有7000多人参加的“中国心　亚运情”大型庆典晚会。中央电视台分别通过设立在空中直升机、水上游船和会展中心舞台三个演播室进行了全景式的大型电视直播。当天广州气温高达39摄氏度，可热情的成千上万市民不顾满身大汗淋漓，耐心地期待着来自多哈的消息。中共中央政治局委员、广东省委书记张德江也兴致勃勃地出席了庆典活动。8时40分，亚奥理事会主席艾哈迈德·法赫德·萨巴赫亲王郑重宣布：“广州成为2010年第16届亚洲夏季运动会举办城市！”刹那间，全场掌声雷动，彩旗挥舞，欢呼声、锣鼓声响成一片，好像排山倒海一般。为了留住这个具有历史意义的时刻，市民们纷纷拿出自带的相机，为战友、同事、亲人、同学、情侣拍照留念；有的人则用有照相功能的手机在拍摄。不少大学生，泪水和汗水流淌在一起，但都没有顾得上擦一下，双手只是在挥动旗子，口里声嘶力竭地呼喊着，整个会场变成欢乐的海洋！

“亚运会选择了广州，证明了古老广州的恢弘气度和现代化广州的无穷魅力。这是广州人民的骄傲，也是全体中华儿女的骄傲！”省委常委、广州市委书记林树森的致辞，说出了几百万广州人民的心里话。

表演节目开始了。宋祖英、田震、韦唯、陈明、孙悦、林依轮、廖昌永、谭晶等著名歌唱家引吭高歌，许多舞蹈演员跳起了热烈欢快的舞蹈，为广州“申亚”成功欢唱、祝福；台下几千名观众个个欢声笑语，脸上洋溢着无比欢欣喜悦的笑容。

今夜，羊城到处流光溢彩，装扮得特别美丽。海珠桥、人民桥、海印大桥、广州大桥、解放大桥等披上节日的盛装，一艘艘庞大的游船满载欢声笑语在珠江上行驶。晚上 7 时刚过，几万名广州市民已经把白鹅潭酒吧街里里外外围了个水泄不通。在电视里宣布广州“申亚”成功之前，大家普遍自信和平静。“肯定是广州，这是一个没有悬念的结果。”不过，当庆贺的烟花燃起，人们仍然表现出无比激动和欢乐的情绪。

琶洲会展中心和白鹅潭同时进行的焰火晚会，把庆典推向了最高潮。五彩缤纷的焰火映红了珠江两岸，映红了深蓝色的夜空，一支支被点燃的烟花直飞上半空，好像天女散花般迸放出五颜六色、瑰丽多姿的图案，把夜空映照得如同白昼，中间不时传来礼炮的炸响。几十万市民聚集在沙面、芳村、沿江路和滨江路两岸，一张张笑脸仰望着绚丽多彩的夜空，尽情地欣赏着美丽的焰火。

今夜，广州成了狂欢之夜，不眠之夜……

在中山大学，学生们聚集在饭堂观看电视转播，当得知广州正式取得亚运申办权的消息，立时像炸开了锅，他们欢呼雀跃，敲打着手中的矿泉水瓶子，握手拥抱，又唱又跳。莘莘学子为广州而骄傲，为祖国的富强而自豪。尽管许多人明天还要考试，也舍不得离开，一直等到最后的消息才舒心地笑着，走去教室温习功课。在广州外语外贸大学，当记者问到对广州“申亚”成功有何感想时，学生们七嘴八舌地说：“我们广州有雄厚的实力，亚运会定能办得好上加好！”“广州办亚运，也为我们提供了‘英雄用武之地’，我们一定要做好翻译工作，为亚运多出一份力。”市民王先生用充满诗意的语言说：“对于广州人民，亚运会是首动人的乐章，大家都是一个小音符；亚运会是首宏大的诗史，大家都是一阕小诗句；亚运会是部名著，大家都是主配角。亚运会，属于每个普通市民。”

在各大商场，在公园，在街头巷尾，市民们纷纷奔走相告，都在津津乐道亚运事，个个笑逐颜开。在中华广场，不少市民早早来到，挑选最佳位置观看大屏幕电视；他们宁愿放弃在家吹空调看电视，冒着酷热，偕老携幼来到广场感受欢乐的气氛；一些年轻小伙子姑娘们还特意在脸上或身上描绘五星红旗，挥舞国旗和荧光棒，齐声呐喊，为广州助威。这些热忱的群众当中，有不少是来穗的打工者。他们说：“我虽然不是广州人，也要来为广州‘申亚’呐喊助威。”当大屏幕上现出广州“申亚”成功的场面时，全场数以万计的市民顿时鼓掌声、欢呼声和哨子声响成一片，震耳欲聋。青年阿华动情地说：“我的祖祖辈辈都生活在广州，能在自己的家乡办亚运，广州在国际上的地位更高了，我感到十分荣耀！”

美酒历来是喜庆活动必不可少之物。许多人携带啤酒、葡萄酒来到现场，他们在欢笑声中打开酒瓶，美滋滋地畅饮一番，以示庆贺。今晚，番禺丽江花园渔人码头，上千市民聚集在广场上欢庆“申亚”成功。由于某啤酒公司的赞助，现场每位市民均可免费畅饮啤酒。当电视屏幕上传来广州“申亚”成功的消息，人们齐齐举起手中的啤酒，高呼：“为广州干杯！——干杯！……”接着一饮而尽。活动的组织者将8名正在狂欢庆祝的青年男女请上台，看谁在最短时间内喝下一瓶啤酒。这项别出心裁的安排一下子让欢乐气氛达到了最高潮。最后获奖者高举双手豪迈地叫道：“亲爱的朋友们，让我们为广州祝福、喝彩吧！”

广州市民“申亚”的高涨热情受到外地人上的赞扬。当晚，应邀前来参加全国书画雅集的北京画家刘松岩说：“广州的气温比北京高出许多，但广州人‘申亚’的热情比气温更高。真令人感动！”不少驻广州的外国领事馆官员也来到琶洲会展中心会场，他们把广州看成“第二故乡”，为广州“申亚”成功感到骄傲。瑞典驻穗总领事司马武先生说：“广州有着热情的市民，全民参与的意识也很浓，所以，广州绝对是举办亚运会的好地方。”

“春风一夜到南天，百态千姿斗艳妍；亚运奇葩飞异彩，熊熊圣火照红棉。”这是在全国书画界庆祝广州“申亚”成功雅集席上，著名诗人关振东先生为陈永锵等八人合作的国画所题的一首七绝，生动地表达出书画家们与羊城人民共同的心声。

“七一”之夜，广州人民一直沉浸在喜悦与狂欢中，这种激情久久无法平静……

选自《羊城风华录：当代中外作家笔下的广州》，
花城出版社，2008年版

怀念广州九十年代的诗歌岁月（节选）

陈小虎

“在江城的主持和苦心经营下，《面影》成为广东青年诗人们最热心也是最爱护的诗歌阵地，它的活力和影响力不亚于任何一份正规出版的广东报刊，它培养了一大批青年诗人。目前活跃在国内诗坛的数以百计小有名气的广东诗人，大多在《面影》上露过脸或在其中汲取过养分。”

作者介绍

陈小虎（1967— ），广东陆丰人，现居深圳。有小说、散文、评论发表于《青年文学》《散文》《天涯》《作品》等刊物。著有散文集《九月阳光》。

• 一、沙河顶

关于沙河顶，浪子在一篇文章中这样写道——来广州的诗人，设若没到过沙河顶一带，不说遗憾、至少也是失色的。《诗歌与人》编辑部，就隐藏在沙河顶广州画院八楼一个简陋的房间里。1999 年底，黄礼孩在这里创办诗歌杂志《诗歌与人》，在十多年后的今天，其重要性已水落石出，作为当代最重要的诗歌类民刊，这个评价已然获得公认。沙河顶由此而来，成为一处新的“诗歌麦加”。

我和东荡子的第一次见面就在沙河顶，1996 年的 4 月，黄礼孩的宿舍。

那时，黄礼孩的宿舍与广州画院相邻，广州市歌舞团大院内一栋破旧的三层小楼，他住在顶层。单间，长方形，20 平方米左右。第一层是他们单位的练功房，我经常看到一些美丽的女孩子在那里劈腿、奔跑、跳跃，或者被人高高地举在头上旋转。那都是舞蹈演员。第二层的门一直锁着，锁头已经锈迹斑斑。我从未见过那扇门打开。它像一个告示，在我每次经过时提醒我，在美丽和诗歌之间，有着一道栅栏，或者，它只是告诉我，这是危房。

我一直觉得礼孩的那间小房子就像一个生长出去的角，孤傲，独立，充满被遗弃的宿命。但第一次走进去的时候，我却深深地喜欢上了它。我仿佛看到自己和身边一些人的命运。和房子相连的，还有一个宽阔的晒台。晒台上靠边的红砖长满青苔。夏天时我在那儿睡过觉，也在那里吃过饭，不下五十顿。当时，经常往沙河顶跑的家伙并不仅我一个，常常一大班人就在那晒台上吹牛瞎聊，更多的是他们在谈诗论文。我在一边当一只耳朵。好客、宽厚的黄礼孩把他的屋子当成了广州城南来北往的诗人们的中转站。有一年江城编《面影》，把看稿、选稿、编稿的事情移到了黄礼孩这里。黄礼孩在晒台上用竹竿嫁接了一个灯泡，差不多十个写诗的家伙围坐在矮矮的桌子上你一句、我一句地说好说坏，那些从四面八方寄来的诗稿从这个人的手中传到那个人的手中，他们还会因为不同的意见把声音提高。提高了的声音就把睡着的我吵醒。我懵懵懂懂地坐起来，走到黑暗的角落撒尿，然后，走进黄礼孩的小屋子。对诗歌，我一直保持敬而远之的态度。他们的争吵还在继续。而我困了。后来，有一个人写了一篇文章，把黄礼孩的这个晒台称为“诗歌阳台”。

• 二、太和

作为我国改革开放前沿阵地的广东，在 20 世纪 80 年代以迅猛发展的经济成为全国的焦点，但其文化发展却一直被视为沙漠。其实，在喧嚣的经济大潮中，依然有着文化独特的声音，一些年轻人坚守着自己对诗歌的热爱和狂热。“在羊城东风中路大石街一个叫郑心发的青年人家里，啸聚着一群被诗歌的烈焰灼红了双眸的诗人。……那是 1986 年 5 月，在南方，这该是文学年景的最后一个季节。”《面影》的发起人之一、现供职于《民营经济报》的潘铭萱描述过它最初的时刻。《面影》问世后，一度沉寂。1990 年，江城的加入使《面影》重新活跃并坚持了下来。在江城的主持和苦心经营下，《面影》成为广东青年诗人们最热心也是最爱护的诗歌阵地，它的活力和影响力不亚于任何一份正规出版的广东报刊，它培养了一大批青年诗人。目前活跃在国内诗坛的数以百计小有名气的广东诗人，大多在《面影》上露过脸或在其中汲取过养分。

《面影》的视野并不只限于广东，全国很多优秀诗人的作品都在《面影》亮过相，如陈东东、马永波、肖开愚、翟永明、小海、纪少飞、非亚、叶舟、李亚伟、张执浩、秦巴子、伊甸等等。臧棣的《在埃德加·斯诺墓前》、杨克的《在商品中散步》、马永波的《诗艺》等一批重要作品，更是在《面影》上首发才流传开去的。20 世纪 90 年代以来的国内诗歌界，《面影》是南方诗坛一面引人瞩目的旗帜，对现代诗歌具有深远影响的《诗歌报》那些年在提及民刊时肯定要提到《面影》。而江城，就是擎着这面旗帜、让这面旗帜飘展的那个人。

我曾经问过江城，他每天究竟有多少时间可以读书、写诗，我是很少听到江城提及读了什么书这样的话题。江城沉默，只是看着我，拉长着声音说，小——虎——。但几乎每周，却都可以看到他从口袋里掏出皱巴巴的纸，那上面是他新写的诗。把刚写完的诗歌带到太和，带到朋友中间，不仅仅是江城，还有世宾、礼孩、子乐他们。而东荡子，在我们抵达太和，刚刚坐下时，就会用一种很平淡的语气，说，看看，新写的。

如果对作品的看法比较一致，用在讨论上的时间就很短；意见分歧严重，持续的时间会拉得很长。东荡子天生就有演讲的口才，他壮实的身子站在屋子的中间，夹着香烟，挥舞着手臂，语速飞快，像劈柴一样，干净利落，从不拖泥带水。长长的烟灰掉到杯子，消融在黑色的茶水中，他抿着嘴笑，端起茶杯一口气喝完。江城说话的声调平稳、缓慢，但语气透着一股坚持到底的固执，在东荡子凌厉的攻势面前，他用笑声和抽烟来做反攻的准备。浪子的声音尖细，恍如女声，带着浓浓的茂名口音，不易听懂，他喜欢搬用一堆外国诗人的观点来为自己辩护，得到的回应是大伙一致的嘲笑，这个时候，他摇头，用手撩拨自己的长发表示抗议。世宾那时还在100多公里外的鹤山上班，每周六他就开着摩托车赶到太和。他到来时讨论已经开始。世宾喜欢侧着身子，摆动手臂，激动时站起来，大声朗读诗歌，那时，他的诗歌观点深受东荡子的影响，是东荡子的同盟军。礼孩坐在角落，一直微笑，平和，宽厚，我从未见过他参与任何的争辩，当他们的观点无理地纠缠在一起，他就从椅子上站起来，不紧不慢地说，你们这些人……温志峰则好奇地看看这个，又看看那个，只有话题转到他的诗歌写作时，他才会有些害羞地说出自己的意见。子乐就像个老大哥，把自己埋在椅子里，微笑，不停地抖着脚，偶尔说出自己的态度，但很快就被别人的声音淹没，他又坐正，抖脚，有时，叫着我和礼孩、志峰的名字。这个时候，我就安静地坐在一边，看，听，给他们递烟，往他们前面的空杯子倒茶。我沉迷于朋友之间这样的聚会，纯粹，坦诚，热烈，充满激情。我挺直腰，靠在墙壁上，透过弥漫的烟雾看着他们，从左到右，从右到左。那个时候，我已经知道，这样的聚会只能发生在这样的时刻，在大家无牵无挂的时候。我也知道，这样的聚会将会越来越少，慢慢地消失在时间的深处，留下一抹光亮，涂抹黯淡的生活。

五、石牌村

1998 年 8 月，我搬进了广州城赫赫有名的石牌村。朋友们的身影也频繁地出现在石牌村那些潮湿、肮脏的小巷子里。我离开广州以后，有一天问黄礼孩，还去石牌村吗。他很认真地看着我，你不在那里，还去干什么。一些地方的出现，是因为那里有朋友，否则，它和我们的生活有什么关系呢？

我们在小巷子里兜圈、打转，在士多店、发廊、录像室、网吧、电影室的前面停下脚步，探头探脑。在大排档的矮凳子上歪歪斜斜坐下，等待一碟炒粉或者几串烤鸡翅的上来。我们面对面坐着，看着从身边经过的靓女，轻松、随意、默契。我们已经很少说出什么，但我们清楚各自的心里在想什么。当我看到他们的目光变直，我知道如果我扭头，肯定可以看到一张亮丽的脸，和一副不错的身材。我喜欢这样的时候。更多的时间，我们去石牌东路一家叫“伯顿”的西餐厅。在那里，黄礼孩写了一首关于朋友们生活的诗歌。那是一个下午，阳光落在拥挤不堪的石牌东路上，我们坐在靠窗的位置，他看着窗外，念叨着在路上、正往“伯顿”赶的那些朋友的名字，他说，我要写一首诗。当最后一个朋友出现时，他面前的稿纸写满了20多行的诗歌。从这首诗开始，黄礼孩找到了方向，通向诗歌的大门霍然洞开。

那时，黄礼孩已经开始着手编辑《诗歌与人》这份民间刊物。在他编辑这份刊物之前，他上班、写作，把时间在身边的朋友身上伸延。那时，我们在广州四处游荡，石牌村、华南植物园、元岗、梅花园、云台花园、沙河顶……广州的许许多多地方留下我们的脚印、笑声。后来，他的电话多了，他的交往广了，他把时间掰开来花。有时，我们在一起吃饭，中间他匆匆忙忙就出去了。但我们让他的碗筷还摆在那里。我们知道，办完事情他还会回来的，回到朋友们的中间。

在石牌村，我喜欢阳光灿烂的下午。那个时候，靠西的太阳毫无遮拦地闯进我的房子，大片的阳光铺陈在沙发和地板上。地板是刚刚擦洗过的，那些瓷砖像镜子一样明亮。我喜欢收拾房间，我喜欢收拾房间后一个人席地而坐，抽烟，喝茶，看书，听音乐。

朋友来了，我们就坐在地上，面对面，围成一圈，中间是功夫茶具。音乐在房子里回旋、飘荡。阳光慢慢地爬到我们的身上，我们的影子从地上升延到了墙壁。灰尘在柔媚的阳光中飞舞，它们单薄的身子在风中起起伏伏。我突然想起，我们一直就是这样安静地坐着，没有什么话。烟雾越来越浓，一团一团地，在屋子里盘旋。阳光越过了我们的身体，向纵深的空间前进。我总是在这样安静坐着的时候播放广东音乐，高胡沧桑的低语敲打着我，让我的心沉静。阳光到了墙角了，好像遭遇到了困难，爬行的速度慢了。我知道，它已经没有力气再往上了。我看了窗外，远处的楼房把太阳挡住了。灰蓝色的天空渗出了淡淡的暮色。朋友或者留下来，或者，返回自己的住处。

世宾经常是一个人来，那时他已经辞职离开了鹤山，也住进石牌村。20 世纪 80 年代我们就已认识，大学时住同一间宿舍。他来了，有时很快就下楼，说出去走走，但一会儿，又回来了。我们总是这样，对方说出一句话，就能想到下一句，或者，说话时的表情。志峰去了澳门，1999年4月底，他从澳门回来，两人在石牌村坐了一个下午，喝茶抽烟，却说不上五十句话，但那份无言时的默契到现在我还能记起，像初夏的阳光一样清晰。东荡子来了又走，走了又来，他的养鸭场半途而废，开了小餐馆很快就关门。我能感觉到他的艰难和抗争，但我从未听到过他的叹息，当他低着头、沉默地一支接一支抽烟，朋友们把到嘴边的话咽下去，说什么呢？说什么好呢？东荡子的世界里，只有简单、直接的生活，只有诗歌。那个时候的东荡子，就像一只黎明前的猛兽，他在努力冲出黑暗的笼罩。江城每次到来几乎都会带上三副扑克，2003年我离开广州、离开石牌村时，在角落，在成堆的报纸杂志中，在抽屉，在沙发的下面，我找出了91副扑克牌。我把她们一副一副摆在一起，长城一样坚固。我熟悉里面的每一张，我摸过她们，喜欢过她们，也诅咒过她们。那上面，漂浮着一张张脸孔，弥漫着烟雾，模糊而又亲切。

1999年8月，江城拉上诗人祥子、陈珂、黄礼孩和浪子，到我在石牌村的住处看稿，并编好了新一期的《面影》，记得当时还专门为因车祸早逝的诗人吕庆秋编了个纪念小辑。但后来，因为大家生存的压力和贯穿于日常生活中的散漫，也因为主持者江城在忙着告别单身，已编竣的新《面影》胎死腹中。不久，海南诗人纪少雄、纪少飞兄弟在国庆到广州度假，温远辉老师、江城、浪子和我等一拨人聚集在华南师范大学的一栋招待所谈文论诗。就在那天晚上，浪子提议编一本广州诗人的合集，说是作为对一个世纪的告别。当时拟好了名单和安排了相关事宜：江城、世宾、东荡子、温志峰、巫国明、黄礼孩、浪子，合七人；全书由温远辉老师统稿并序，我写了《我是你们的朋友》作为诗集的后记，广州美术学院毕业的雅高负责封面设计。

1999 年 12 月 31 日晚上，礼孩、世宾和东荡子他们在广州搞一个叫“诗歌污染城市”的活动，把印着诗歌的各种卡片张贴在广州的过街隧道、人行天桥、灯箱广告和路边的树上，他们想给广州城涂抹上诗歌的光亮。那个晚上，我在深圳，和后来成为妻子的女孩相拥着在世界之窗的广场上等待新世纪钟声的响起。他们在诗歌的殿堂飞翔，我在俗世的尘埃匍匐。

我们的九十年代就这样过去了。

选自《九十年代回忆录》，团结出版社，2016 年版

广州第一『芯』

张霖

"粤芯半导体的到来，毫无疑问将彻底改写广州缺'芯'的前史，迈出'广州芯'产业第一步，见证广州首'芯'破局，能助力广州成为粤港澳大湾区集成电路产业的风向标，早日打破中国芯片进口大国的身份。"

作者介绍

张霖（1978— ），广东梅县人。广州文学艺术创作研究院青年作家、广东省作协会员、广州市文艺评论家协会副秘书长。著有《寻找广州消失的庙宇》，与人合著《迎风破浪：新时代广州"智造"实录》。

• “芯”之诞生

2020年，正值中国和美国之间已经持续了数年之久的“芯片战”的重要节点。在这场旷日持久的纷争中，美国政府不顾国内企业的反对，频繁升级打压措施，在2019年5月份将华为列入“实体清单”，最终宣布自2020年9月15日基于美国软件和技术的产品，不能用以制造或开发任何华为子公司（实体清单内）所生产、购买或订购的零部件、组件或设备中。

这场始料未及的危机，引发了国人关于芯片的各种焦虑。2020年9月15日前夜，在禁令生效前的至暗时刻，华为海思已包下一架货运飞机，将所有的麒麟9000芯片及所购买的联发科芯片都打包带回。那一夜，不知多少人盯着手机屏幕一直跟踪相关信息。一个个短视频中，一次次激情、悲情的解说，再配上飞机起飞的画面，他们泪流满面。

芯片这一深藏在机器当中，一般外人无法看见的小玩意，牵动着亿万中国人的心。如今，虽然并不是所有人都知道芯片早已取代石油，成为中国进口最大单一产品，但是现在确实体会到了芯片之痛。

作为手机的核心零部件，手机芯片、FPGA芯片、射频芯片、模拟芯片等等，许多手机厂商都依赖美国科技巨无霸企业的供给。一夜之间，所有人都意识到，原来“芯片”的断供并不是“狼来了”，是真的会说断就断。人们向企业们发出了灵魂之问：你为自己的发展研发芯片了吗？

但“哀其不幸，怒其不争”的舆论浪潮中，又有多少人切切实实体会到，要扎扎实实做芯片，是一件多么复杂的系统工程。

一时间，媒体众说纷纭。所有的观点归根结底就是一个观点：被称为“现代工业的粮食”的芯片，不仅仅是电子产业的基石，更是一个具有国家级战略意义的重大产业。

在广州市黄埔区中新知识城，有一家新兴的芯片生产企业。它是国内第一座以“定制化代工”为营运策略的 12 英寸芯片的制造公司。这就是广州粤芯半导体技术有限公司。在此艰难时刻，粤芯能为中国的芯片产业做出什么贡献？人们都在期盼着答案。

粤芯半导体拥有一座现代化风格的主体建筑。在大门的旁边，就是粤芯半导体的展示大厅。大厅里是一片海蓝色。在这里，粤芯半导体不但展示了本公司的主要产品，更陈列了关于芯片的详细科普展览。粤芯人通过精心布置，让人们顺着地灯的指引沿路参观芯片制造的四大工艺，让其更为直观地了解芯片的诞生过程。

如果人们不知道芯片是如何诞生的，那么就不能理解和体会制造芯片之困难重重，就不会理解为什么芯片是人类智慧的高度结晶，更不会明白芯片凭什么是现代工业的皇冠。

水有源，树有根。

如今人类智慧的结晶体——芯片，也是在最初并不起眼的半导体上经过不断的迭代发展而来。只有了解了这其中艰难的发展历程，才能明白芯片所蕴含的意义。

做芯片的第一步是根据需要设计芯片电路。那是在一个肉眼无法看见的世界——原子世界。设计师们要在里面打造一座由数以十亿计的晶体管叠加而成的“超级大都市”。

第二步就是制造晶圆。制造芯片，首先要从随处可见的沙子也就是二氧化硅中提炼出高纯度的硅。这种硅有多纯净呢？就拿人们日常生活中经常提到的999金来说，在一般人的认知中，这样的纯度已经非常高了。但是，如果用999纯度的硅来直接做芯片是不会成功的。芯片级高纯硅的纯度要达到99.9999999%。更多的复杂工序还在后头。多晶硅通过复杂的工艺制成单晶硅，并做成长长的硅碇，然后还要通过复杂的技术，将硅碇再切割成一片片又薄又脆的圆盘。最后圆盘还要经过抛光后才能成为晶圆。

这一番操作之后，总算是为芯片找到了一个“家”。但这个“家”还不能住，因为此时的它还是实心的单晶硅，还没有一个晶体管。

下面要做的就是把“房子”刻出来。先用一层特殊的光刻胶将晶圆涂满，再将芯片设计图制作成掩膜，随后将掩膜投影到晶圆的光刻胶膜上。

光刻机开启。光闪之间，光刻胶膜发生光化学反应，被光照的地方变得可溶于水，经过显影清洗后留下的图案就与设计图一样了。之后再用特制的化学药水蚀刻暴露出来的晶圆，蚀刻完成后还要清除所有光刻胶，完成如此复杂的流程后，才得到了纵横交错的电路沟槽。

但这仅仅是建造成了芯片的躯体，还没有赋予其灵魂。要实现芯片设计所要达到的功能，还要进行掺杂。

事出必有因。

单晶硅具有准金属的物理性质，有较弱的导电性。在超纯单晶硅中掺入微量的ⅢA族元素，如硼可提高其导电的程度，而形成p型硅半导体；如掺入微量的ⅤA族元素，如磷或砷也可提高导电程度，形成n型硅半导体。

为了改变某些区域的导电性，覆盖着光刻胶的晶圆经过离子束（带正电荷或负电荷的原子）轰击后，未被光刻胶覆盖的部分注入了目标原子，从而会改变某些区域硅的导电性，赋予硅晶体管的特性，实现设计的意图。这个极为复杂的过程就是掺杂。

芯片的制造过程还远未结束。

跟人一样，有了“躯体”和“思想”还不够，需要有一套完整的循环系统，将每一个晶体管连接在一起，共同发挥作用。芯片内的距离以纳米为单位，在这么小的范围内布一根根超细的电线是不现实的，只能通过薄膜沉积流程来实现。

光刻机通过化学或者物理气相金属沉积，再重复光刻和蚀刻工艺，在每一个晶体管间进行金属连接，打造出一个完整的“循环系统”，使其电信号可以在其中畅行无阻。

别看晶圆只有薄薄的1毫米，乍看上去，密密麻麻的电路就如同高度密集、彼此交织的高速公路。但如果你从原子世界的角度进入到芯片中去看，这就是一座无比精巧复杂的超大型城市。城市里的每一个房间都是一个晶体管，令人眼花缭乱的无数传导线路，将不计其数的晶体管连接在一起。

当人们站在这座“芯片”城市仰望，就会发现这是一座不可思议的立体化国际大都会。而那些连接数以百万计的晶体管以及从下而上的几十层甚至上百层结构中，每层结构的形成，都离不开光刻和蚀刻。

只有当最后测试合格后，一片成功的晶圆才能宣告诞生。为什么还不是芯片啊？因为要根据芯片尺寸大小以及分布对晶圆进行切割，切割后的一个个单独的产品才是芯片。

漫漫长路，还有最后一步。那就是封装环节，即把裸片放在一块起到承载作用的基板上，把管脚引出来，然后固定包装成为一个整体。也就是说，给芯片上这座超级大的城市，用一个坚硬的外壳加以保护，并留出与外界交换信息的通路。之后还要进行封装测试，即对已制造完成的芯片进行结构及电性功能的确认，以保证芯片符合用户的需求。

粤芯半导体副总裁李海明介绍说：“12 英寸晶圆是指晶圆的直径为 12 英寸，其他常见的晶圆尺寸，还有 8 英寸和 6 英寸。晶圆尺寸越大，在同一个晶圆上生产切割的芯片就越多，但同时对材料技术和生产技术的要求也会更高。目前粤芯半导体主要生产 12 英寸晶圆。”

· 造“芯”空间

芯片的生产车间同样也在这座现代化风格的建筑当中。这个车间与一般的车间截然不同，其中一个显著的特点就是无尘。

在生活中，人们有着这样的经验，当斜射的阳光强度足够时，平常肉眼无法察觉的灰尘在微风中就会显露原形。它们漫反射着光线，随着空气的流动飘逸四散。

但在芯片的生产车间中，要绝对扼杀这种情况。对于纳米级别的芯片晶体管来说，微米级的尘埃简直就是一个超级庞然大物。一旦晶圆上哪怕混入了一颗尘埃，都会影响芯片整个的光刻、蚀刻等所有工艺流程，直接导致芯片报废。

所以，强大的正压系统和过滤系统，将整个车间分割成不同的区域，而每一个区域的空气质量都是不一样的。就拿用来供客人参观的扩散区域而言，这里的空气级别是1000级，这已经跟外科手术室的要求一致了。而仅仅是几步之遥的光刻区域，其空气质量等级一下子就提升到了100级。要知道，无尘车间的标准是数字越低，等级越高，每一立方米空气中被检测出来的尘埃就越少。其中，光刻区内的光罩室达到了1级。到了1级，每一立方米的尘埃中0.5微米以上的尘埃不超过3.5个，自然界中这一数据可是数以百万计。

这空气质量究竟有多好？有工友们笑着说："以前我们很多同事都有鼻炎的，在车间工作一段时间后，鼻炎就自然好了。"这不禁令人想起唐代高僧神秀在中国禅宗史上留下的著名偈语："身是菩提树，心如明镜台。时时勤拂拭，莫使有尘埃。"

可是车间整体空间是连通的，怎样保证不同级别的空间不会混在一起呢？

这一切都要归功于车间中强大的正压送风系统，保证不同区域的空气不会混在一起。

车间中不停地传来"咔咔"声，那声音密集又急促。生产车间的天花板镶嵌着井然有序的一条条轨道，很多个天车机器人在上面飞驰。这些天车机器人，一个个都长着长方体的身子，以及2只可伸可缩的"手"。只见它们中的一员来到一部机器前，齐刷刷地将 2 只长长的“黑手”放下，“捧”起待转运的晶圆半成品，再将“手”缩回，然后就快速且稳当地由智能搬运系统将这些半成品转运到下一个工作环节。

天车机器人的行动都是事先用软件程序设计好的。正如前面所提到的，“芯片”之城是一层一层雕刻出来的，而每一层的雕刻都要经过光刻、蚀刻、扩散、薄膜等极为复杂而精密的工作步骤。“芯片”之城必须在一次又一次无比精准的操作中一点点地建成，一步错则步步错。预先设定好的天车机器人根据芯片制造流程，按照相关的步骤将晶圆半成品在一个步骤和下一个步骤之间，一台机器与另一台机器之间不断进行运送，以保证每一个步骤都能按照相应的顺序完成。

这种小事还需要用到机器人吗?

答案是肯定的。因为芯片生产极为复杂严密，不能出现丝毫错误。人在频密的操作中难免会出现错误。对于芯片制造而言，错误一旦发生，失败就不可避免。还是让人类去负责其最擅长的事情，那就是天车机器人的工作规划设计。至于运送物资，就交给快速、安全、高效的天车机器人去完成吧。天车机器人伸着双臂在轨道上狂奔，头上的“眼睛”还一闪一闪发着亮光，活脱脱就是一个快乐打工人。它们就这样一次复一次地在各个机器之间循环周转，直至最后完成晶圆的整个制造过程。

车间中还有正闪着黄光的机器。那就是人类智慧与工艺的结晶——光刻机。

在过去的几年间，如果说有一件东西跟手机芯片一样，能够牢牢地吸引国民关注，那就非光刻机莫属了。光刻机承担着芯片制造中极为关键的步骤，尤其是在国产蚀刻机已经取得突破的情况下，它更是备受关注。

“粤芯半导体购自荷兰阿斯麦尔的光刻机到厂了。”一则看似普通的新闻，瞬间刷遍全网。尤其是在光刻机进口屡屡受阻的情况下，光刻机在粤芯半导体的安装着实令人兴奋不已。

光刻机是国人又爱又恨的一个产品。光刻机技术长期以来一直被外国供应商独占鳌头，荷兰的阿斯麦尔公司更是占据了全世界光刻机尤其是高端光刻机的绝大部分份额。当前，芯片巨头台积电和三星，都已经拥有了最先进的阿斯麦尔生产的 5 纳米制程的光刻机，但出口到中国的产品必须滞后两代。就这样，美国方面还要千方百计阻止荷兰向中芯国际发货 14 纳米光刻机，用于更小制程的极紫外光光刻机更是直接封杀。

诚然，粤芯半导体的光刻机，不是国外允许出口最高端的 14 纳米光刻机，也不是极紫外光光刻机，但这是一台在国内处于领先水准的深紫外光光刻机。

如果说天车机器人是个快乐的打工人，那么光刻机毫无疑问就是一位勤奋的雕刻师。光刻机不停闪烁着一缕缕黄光，那是高频高能的光，令人不禁感叹科学技术的伟大，它不愧是人类智慧和工程科技的结晶之作。

• 机器与人

芯片生产车间很大，大量功能各异的机器在里面有序排列，天车机器人也忙得不亦乐乎。这里的机器非常多，而且价格昂贵，仅以厂里阿斯麦尔的光刻机为例，虽然在一些“键盘侠”的眼里并不算什么“高级货”，但每一台的价格就数以亿计。

晶圆制造中核心的工作，是光刻机和蚀刻机分别在硅晶圆上以人类肉眼根本无法识别的原子“舞”出美丽“芯”生。而剩余的工作几乎全部交给天车机器人，在它们的全力配合和智能调度下完成生产。车间里的人看似根本无从下手，似乎大部分人的工作仅仅为从这台机器移动到那一台机器，看上两眼，敲几下键盘而已。这与一般工业车间迥然不同。

芯片制造一向以来都是高投入、长期发展、回报周期长的工作体系。那人在其中又有什么作用呢？在机器和资本面前，人是那样渺小。

突然，一个蜂鸣音响起。原来有一台机器发出了报警的声音。瞬间，四五位工程师围了过去，观察讨论开小会，然后对着主机上的键盘就是一顿敲打。刚才还无所适从的天车，如今在接收到工程师新的命令后迅速放下长臂，捧起一批新的晶圆，又赶往下一步骤。

没有人的自动化，是没有灵魂的。

再完美的机器和再精细的流程，也会遇到各种意想不到的错误或突发状况。当原有规则和环境被打破时，天车机器人也好，光刻机也罢，都会因为不知如何解决而在原地卡壳。而此时，人作为整个制造流程的设计者和光刻机的使用者，在日常实践中对整体系统有着清晰的认识，这就是他们难能可贵的经验。

我国最早研制的高性能通用处理器系列龙芯的总设计师胡伟武，曾经在采访时说过："我们不应该太过追求技术性上的领先，而是应先查漏补缺，先补短板和漏洞再做出属于我们自己的生态体系，紧接着再继续突破自我极限。就像美国现在做 5 纳米，然后我们就要去追赶去做 5 纳米，不要总想这些，这些都是不切实际的，我们不可能短时间就开发研究出一套完整的技术方案，我们应该做的是稳扎稳打，将已经掌握好的系统应用技术优化，使应用流畅……"

是的，不管企业手上的是哪种型号的光刻机，与其抱怨拿不到最先进的设备，不如扎扎实实，将手上的光刻机运用到极致，再用先进的科学技术，突破原先认为坚不可摧的技术壁垒。

人作为产品的制造者，他们对整个生产流程有着完整的认识。而且主动学习的能力和经验的积累，也是人跟机器的最大不同之处。

当然，高端的智能机器人，如今也能实现初步的学习和技术积累。但至少在目前阶段而言，人通过数以万年的进化所得到的这份特殊能力，还是要远远超越智能机器人。

光刻机、蚀刻机、天车机器人，都是伟大的发明创作。但能否将它们用得好，能否使其充分发挥作用，或者制造出什么样的商品，是否符合社会需求……解决这些疑问的钥匙，就掌握在人们手中。

在如今科学技术不断发展前行的新时代，人们越来越依赖智能机器人去提高生产效率和产品质量，但也需要经验丰富的人去制定计划规划流程，去规范机器的生产运作，更需要人们去发现和攻克技术难题。这是一体两面。人跟机器在不断地磨合和调试中相互适应，形成最佳的组合。每一家企业都需要根据自己的实际情况和技术条件，在力所能及的范围内做出最棒的产品，并且不断改进。或许，这就是企业家的工匠精神。

• 广州速度

广州粤芯半导体技术有限公司所在的中新知识城，是广州经济技术开发区的一部分。

开发区是中国改革开放的见证者。1984 年，它成为当时全国最早的经济开发区之一。人们在一片农田中开始奋发图强，招商引资，建厂兴业。青年路和开发大道上那日复一日往返不断的一辆辆集装箱车，见证了开发区一点一滴的变化。早年，单凭一个易拉罐产品就能爆红。世界 500 强之一的宝洁公司在开发区设立公司后，不但源源不断将当时国内还没普及的洗发水等产品带入中国市场，更是为中国的品牌营销工作立下标杆，成为那些年培养市场营销人员的“黄埔军校”。随着经济的快速发展，开发区也不断向高科技发展转型，形成了研发机构聚集、高科技企业密集、创新创业环境卓越、生态环境优美的特点。而粤芯半导体成了又一间在这片热土安家的企业。

在面对媒体采访提出“为什么会选择在广州落地”时，粤芯半导体副总裁李海明表示：“其实国内很多城市都有很好的产业政策，广州黄埔开发区的中新知识城是一个国家级的开发园区，已有非常好的基础建设和规划铺路。对我们来说，能够与新一代信息技术等产业中的企业聚集在一起，是一个非常好的契机。另一方面，我们也享受到了黄埔区和开发区、广州市和广东省政府在落户、建设、运营和投资等方面，以及其他一些配套政策上的支持。粤芯半导体的核心团队来自国内外各个地方，开发区政府给了我们很好的人才引入政策，解决了我们工作、买房、医疗和子女就学等相关问题。核心团队之外，是未来的人才招募和培养。广州有很多优秀的高校，我们现在和他们签订了一些合作协议，有了很好的合作基础。未来我们有机会依靠在地优秀的学子，让芯片制造以及周围的半导体产业链，有长久且高水准的人才输送来源……”

为什么会有那么多的城市要发展芯片企业呢?

答案是显而易见的。崛起的中国是全球最大的芯片进口国消费国。根据中华人民共和国海关总署的数据统计，仅 2018 年，中国芯片进口总量就达到 3120 亿美元。这个数据比在当年 GDP 排行榜中名列第 41 位的孟加拉国的国民生产总值还要高，在全球集成电路 5000 亿美元市场规模中占据超过六成。自 2009 年超过原油后，芯片已经十多年来一直位列国内进口商品的第一位。

在中兴、华为等企业连续发生芯片事件后，“芯片国产化”已迫在眉睫，成为国家未来长期重要的发展战略。

全国如此，粤港澳大湾区的情况亦是如此。在汽车产业、电子产业（家电、工业、消费类）生产规模占中国 80% 以上的粤港澳大湾区，消耗了芯片进口总额 60%。虽然在这片热土上，经过多年的发展，已经有了多家业务范围涵盖芯片设计、封装等多个环节的专业公司，但在芯片生产方面，在粤芯半导体之前，整个广东省仅有两家芯片企业生产8英寸和6英寸晶圆，一共提供7万片晶圆月产能。这对于巨大的需求而言，简直是杯水车薪，根本无法满足粤港澳大湾区整体电子信息产业蓬勃发展的急迫需求。

这巨大的需求缺口也是粤芯半导体极为看重的。汽车、白色家电、电子消费产品，这些诞生在大湾区的商品规模庞大，产能集中，对芯片的需求又呈多元化、个性化，这对于粤芯半导体这样需要长期发展建设、实现产能爬坡并不断发展迭代的芯片生产企业而言，没有比这更好的产、学、研热土了。

在接受媒体采访时，粤芯半导体副总裁李海明表示：“粤芯半导体成立的时候，我们看好的就有电源管理、电机驱动相关的一些应用。比如物联网、汽车电子，以及5G相关的一些基础建设，都会用到模拟芯片。这些需求在不断增长，甚至是所有芯片中年复合增长率最高的，每年达到6.6%。

“起步时，我们要先从市场广而大，而且比较容易进入的领域开始，例如消费电子。所以粤芯半导体首先锁定了包括分立器件、电源管理、指纹识别、图像传感等在内的一些领域，接下来是液晶显示驱动芯片等。这些覆盖到了我们在大湾区所看到的需求。

“从消费电子开始，我们会希望能够进一步提升，通过不断创新和技术上的精进，实现从量的增长到质的提升。未来我们会拓展至白色家电和工业控制，最终到汽车电子。这是粤芯半导体在整个半导体产业链中希望达到的境界。”

粤芯半导体被列入广东省、广州市重点建设项目。一只凤凰从广州市开发区中新知识城起飞了。

“一般芯片企业投产需要36个月时间，而广州第一‘芯’粤芯12英寸晶圆项目仅18个月就投产，这是世界级的速度。”据粤芯半导体副总裁李海明介绍，一年间，粤芯半导体实现了从无到有的突破，自2018年3月打桩到2019年9月正式投产，仅耗时18个月，并快速赶超海内外业界同行。

不少媒体称粤芯半导体的量产是“广州速度”“黄埔速度”。在粤芯半导体副总裁李海明看来，这些称呼引出了另一层含义：从无到有的建设不仅依靠企业自身，还离不开政府的支持。比如，在建设过程中，包括很多在基建过程中应序列进行的审批事项，调整为了平行进行的信任审批。他坦言，如果没有这些支持，也就没有粤芯半导体的速度。

“粤芯半导体12英寸晶圆项目标志着广州可生产在地芯片，填补了之前广东、广州芯片生产空白，是广州第一‘芯’。之后我们可以直接服务广东、粤港澳大湾区客户群。这些客户用的芯片之前有可能来自美国、中国台湾或者是国内其他芯片厂。粤芯半导体补足了产业链的制造环节。从设计到制造，然后到封装、测试，以及终端应用，链接完成后就有了‘一日产业圈’。各个环节的厂商和企业，能够迅速实现高效交流，以解决问题或是开发新的生意机会。这样我们才能真正和其他区域做产业竞争力上的抗衡。这驱使了粤芯半导体落地广州，和各级政府帮助粤芯半导体顺利落户。”李海明表示，“虽然发展集成电路行业任重而道远，但我们有理由相信，粤芯半导体12英寸晶圆项目的成功投产是个很好的开端。”

• 广州第一“芯”

2019年9月20日上午，粤芯半导体12英寸晶圆项目在广州开发区投产，时任广东省省长马兴瑞、副省长覃伟中、广州市市长温国辉参加了粤芯半导体投产仪式。

在投产仪式上，温国辉表示，广州市认真贯彻落实中央的部署和省的要求，积极实施“强芯”工程，大力推进集成电路制造项目建设，较短时间内形成了集设计、制造、封装、测试于一体的半导体全产业链。希望粤芯半导体发挥自身优势，引导推动更多上下游企业进驻广州集聚发展。

芯片制造之路就像人生一样，是一条漫漫长路。

首先要搞清楚的就是方向问题。芯片的种类五花八门，生产企业也是星罗棋布。每一条“过江龙”都有各自绝招，使其可以在残酷的市场竞争中得以发展壮大。

能做什么？市场需要什么？能做到什么程度？一连串的问题等待着粤芯半导体回答。

“芯片主要分数字、模拟、存储、微处理器 4 大类，这 4 类就像舞台剧的男女主角和男女配角，不能相互替代，要组合起来才能演一出戏。模拟芯片不走 7 纳米、14 纳米的路线，像台积电是数字芯片的佼佼者，我们属于不同赛道。在模拟芯片领域，美国的德州仪器、欧洲的英飞凌是目前行业的龙头，在国内，粤芯半导体是率先使用 12 英寸做模拟芯片的，是这个赛道中的领先者。”李海明在接受媒体采访时介绍了粤芯的发展方向。

以手机为例，众多的模拟芯片，将外界的声、光、电等模拟信号转化为数字信号，供手机芯片运算从而使功能得以实现。二者相得益彰，没有数字芯片，一堆模拟芯片作用无法发挥；如果缺失了模拟芯片，智能手机中的许多功能也都无法实现。

高端模拟芯片、汽车电子、生物医疗检测、5G 前端模块……这些都是目前较为稀缺的产品，但随着国内相关行业的蓬勃发展，相关芯片的需求量与日俱增。粤芯半导体结合自身的技术将市场的切入口定在这些新兴细分市场，在市场的稀缺处奋力开拓，从而获得公司的长远发展机遇。细分化、差异化、定制化的营运定位，使得粤芯半导体对市场的变化有了更强的调整能力。更为重要的是，作为芯片生产企业，其发展必将带动上下游整个产业链企业的发展。如果粤芯实现百亿级的销售目标，其将带动上下游企业形成千亿元产值的规模。

不同类型的芯片需要不同的工艺。中国有句古话，好马配好鞍。对于芯片行业而言，需求与制造工艺的相匹配，才是至关重要。

12 英寸晶圆芯片是目前跨国公司的主要技术产品。此前中国的芯片生产企业的产品主要是 6 英寸、8 英寸晶圆，12 英寸晶圆芯片自给率很低。

晶圆尺寸越大，同一圆片上可生产切割的芯片就越多。看似简单的一句话，背后隐藏了两方面的信息。不管是 6 英寸、8 英寸还是 12 英寸的晶圆，其加工过程都必须经过光刻、蚀刻、扩散、薄膜等一系列复杂的工艺过程，使用更大尺寸的晶圆，在相同的工艺过程中，可以生产更多的芯片，大大提升效率。具体来说，相对于 8 英寸芯片生产线，粤芯半导体的 12 英寸芯片生产线效率可达原来的 2.25 倍。这是一个了不起的数字。而另一方面，由于光刻机、光刻胶等设备和材料在制造过程中得到了更为充分的运用，单个芯片的生产成本得到了更好的摊销，最终实现基于每颗芯片的成本大幅下降。虽然说 12 英寸的晶圆生产线意味着需要投入更多的经费、研发成本和生产技术要求，但这些问题对于需求巨大的粤港澳大湾区市场来说，市场规模已经足以弥补增加的投入。反过来说，如果粤芯半导体当初投入的是较为保守的 8 英寸晶圆生产线，在激烈竞争下，将不可避免地面临 12 英寸晶圆厂的挤压，导致无利可图。

“与大多数模拟芯片供应商不同，粤芯半导体建设了 12 英寸晶圆厂，而非 8 英寸晶圆厂。这将为粤芯半导体中长期的发展带来显著的成本优势。”设备供应商荷兰阿斯麦尔深紫外线光刻机事业部资深总监安东尼奥（Antonio）博士在粤芯半导体 2019 年 9 月 20 日投产活动上对粤芯的未来充满了信心。

在生产过程中，芯片生产的标准化和个性化是两条截然不同的道路。

标准化最大的好处在于能够大规模迅速量产，利用规模优势最大幅度降低生产成本，用价格和技术的组合拳去占领市场。但一旦出现设计或工艺上的失误，对于整个企业来说，损失是毁灭性的。当年火遍全网的高通火龙骁龙 810 就是最为经典的案例之一。

从另一个角度看，定制化制作芯片也不完美。定制化就意味着根据需方的要求量身定做，第三方将很难应用。这使得芯片生产厂家的成本难以分摊，尤其当订单太少时，定制化的芯片生产根本无力支持粤芯半导体的正常运行，更别提发展了。这是一个必须面对的现实问题。

但粤芯有着自己的应对之路。在粤芯半导体扎根的粤港澳大湾区热土上，这里制造业密集，而且集中了华为、美的、格力、广汽等一大批各自行业中的头部企业。这些头部企业加上消费电子产品、5G技术、医疗器材等领域的后起之秀，对于模拟芯片的市场需求巨大。这种背靠制造业重镇的区域优势，使得粤芯的成长与粤港澳大湾区制造业的整体产业升级紧密相连。这就是粤芯半导体的安身立命之本。

在广州智造的大局中，芯片事业是重中之重。但芯片事业不但需要粤芯半导体，更需要形成以粤芯半导体为首的产业集群。好消息接踵而至。粤芯半导体带来了明显的集聚效应。自其动工建设以来，已有100家集成电路企业链企业慕名前来考察，50多家企业注册落地广州这片热土，其中过亿营业额的已经超过8家。这些项目涵盖设计、封测、设备、材料的上下游产业等多个领域，构建了以粤芯半导体为龙头，集“芯片设计—晶圆制造—封装测试—终端应用”为一体的全产业链生态圈。

在2018年底公布的《广州市加快发展集成电路产业的若干措施》提出，广州以黄埔区、广州开发区为核心，计划通过实施七大工程，涵盖芯片制造提升、芯片设计跃升、封装测试强链、配套产业补链、创新能力突破、产业协同发展、人才引进培育等，力争到2022年，建成全国集成电路产业集聚区、人才汇聚地、创新示范区。

广州芯，未来可期！

• 逆势而上

在通往粤芯半导体洁净室的走廊上，一幕幕故事映入眼帘：2018 年 3 月打桩，10 月主厂房封顶；2019 年 3 月设备搬入，6 月生产设备调试完毕开始“投片”，9 月 20 日两个工艺平台开发完毕、通过可靠性验证，并开始爬坡“量产”。这些开荒拓业的记忆“芯”事，无一不散发着一种来自粤芯半导体的顽强意志和冲天干劲，散发着一种来自不甘心集成电路产业现状勇于打破缺“芯”痛的创业者的踏实务实。

粤芯人仅用 18 个月的时间实现从无到有到量产的干劲都来源于一颗不甘心集成电路产业现状、勇于打破缺芯少核的初心，就如同粤芯半导体 CanSemi 的寓意一样：Yes, we can. We can make our own semiconductor!

正因为粤芯与粤港澳大湾区制造业升级息息相关，自项目成立以来，中央政治局委员、国务院副总理胡春华等领导先后到粤芯考察。

这是一份沉甸甸的期待。2018 年全球芯片生产总量约 4688 亿美元，中国进口 3120 亿美元，占比 2/3，其中有超过一半的芯片市场聚集在粤港澳大湾区。然而，全球最大芯片消费国与进口国的芯片自给率却不到 10%，市场缺口非常大。此外，中美贸易关系给国内芯片市场带来了新机遇，贸易摩擦对终端客户长期加大国产芯片的采购意愿有所鼓励，在某种程度上促进了国产芯片替代进程的加快。粤芯半导体的到来，毫无疑问将彻底改写广州缺“芯”的前史，迈出“广州芯”产业第一步，见证广州首“芯”破局，能助力广州成为粤港澳大湾区集成电路产业的风向标，早日打破中国芯片进口大国的身份。

领导们对粤芯半导体的速度以及成绩纷纷表示赞赏，并强调在未来，将一如既往加大力度支持半导体行业的发展，并指出粤芯半导体能在中美贸易纷争危机中持正面积极的态度，看到“机遇”，坚持以市场为导向，自主创新，加快推进半导体产业链的国产化，在困难的大环境下勇闯出属于自己的一片天地，中国半导体行业的振兴需要这样的开路先锋。

2018 年 6 月，广州市半导体协会成立了，粤芯半导体总裁及首席执行官陈卫担任协会会长。10 月，粤港澳大湾区半导体产业联盟在广州开发区正式成立，首任理事长也是由陈卫担任。广州市黄埔区已经形成以粤芯半导体为平台的集成电路产业集聚地，通过差异化推进大湾区半导体产业发展，从而打造国家集成电路创新发展第三极。

正当所有人都雄心勃勃时，谁也没想到，2020 年一场突如其来的疫情，打乱了粤芯的发展节奏。瞬间，一大堆亟待解决的问题，摆到了粤芯人面前。芯片园区应该如何防疫？离省职工的返穗问题怎么解决？怎样妥善处理员工在湖北滞留的问题？在封城情况下如何做好必要生产物资的调配？这些问题，都没有现成答案。粤芯人顶着巨大的压力，在摸索中前行。粤芯上上下下都清楚，一定要保证芯片正常开工生产，一定要全力以赴保卫得之不易的粤芯半导体发展大好局面。

但令人意想不到的是，粤芯首先想到的不是自己，而是前线的医护人员。如果没有经历过那一段特殊时期，谁也想不到当时防疫物资的缺口会如此巨大。粤芯心中清楚没有国家的抗疫胜利，就不可能有粤芯的长远发展。他们没日没夜协调供应商，调集一批防疫物资捐赠给奋战疫情防控一线的各部门。

与此同时，为了保障生产安全，粤芯发布了多项防疫防控文件和粤芯园区防疫指南。大家心里都明白，一定要把新冠病毒拒之于园区之外。如果疫情在园区扩散，导致停产，损失将难以估量。防疫要靠科学，要靠严密的管理措施，粤芯启动了24小时信息联络机制，启动“疫情一日一报”；借鉴学习了国家疫情防控专家组防御指导意见，从人防、物防、技防三方面开展，保障粤芯园区安全稳定生产；改造了食堂用餐的布局，餐桌上架起纸质隔板，一人一间，营造出相对独立的用餐环境，实施分部门、分批次、分时段就餐制；制定了隔离措施和放行条件，把返岗的员工按照行程的不同细分为四类，并在宿舍设置了隔离区，需达到放行条件方可返回工作岗位；进行1人1管1检的核酸检测；超过100位粤芯人放弃春节与家人团聚的机会，全力保持正常有序的生产状态，按时保质保量完成客户订单，加快释放产线产能；给因疫情滞留在外地无法返穗的同事全额发放工资，并加强人文关怀；积极与政府相关部门沟通协商，确保芯片生产必需物资不受封锁影响，及时到位……

这一波硬核防疫操作，成功保障了粤芯半导体员工、园区和生产线的安全。粤芯人努力做到让客户安心，让供应商放心，让员工暖心。在2020年第一季度这个疫情特殊时期，粤芯半导体在人力锐减21%的情况下，不仅打赢了疫情防控攻坚战，稳定了生产；同时，首季产出高出预期25%，生产周期缩短5%以上。

在挺过最艰难困苦的2020年第一季度后，粤芯半导体除了发生上述变化外，还有一个意外的收获，那就是图像传感芯片订单大量增长。图像传感芯片就像是人眼睛中的视网膜一样，可以将射入镜头中的光线转换为电信号，再将信号传送到作用如同大脑一样的图像传感器上。它是图像传感器的前站，是图像传感系统中重要的组成部分。其在要求空间小、体积小、功耗低，在对图像噪声和质量要求不是特别高的场合，如大部分有辅助光照明的工业检测、安防保安，以及大多数消费型商业数码相机等多个行业都有广泛应用。

这代表在模拟芯片市场中新的需求正在不断增加。这些新需求的增加则要配备新的产能。在疫情最关键的

2020 年 2 月，在许多企业还在观望甚至已经开始收缩企业规模的时候，粤芯逆势而上，选择了增资扩产。

2 月 28 日上午，粤芯半导体二期扩产项目成功签约，二期建设将新增投资 65 亿元，专注于 65—90 纳米模拟工艺平台，二期项目建设，除了满足粤港澳大湾区广阔民用和车用芯片市场的需求外，同时也开始着手生物检测芯片、视频监控摄像头芯片、红外线测温控制芯片等生物安全与健康芯片产品的开发和运用上。预计到 2022 年，粤芯半导体一期、二期将共达到月产 4 万片 12 英寸晶圆的产能，将进一步满足粤港澳大湾区芯片市场的需求。

与一期不同，粤芯二期的起点更高。这是对一期磨合后的淡定，也是对粤港澳大湾区经济发展前景预判的自信。面对芯片制造的巨大发展潜力和广阔应用前景，陈卫表示，粤芯半导体有一种“等不起”的紧迫感、“慢不得”的危机感和“坐不住”的责任感。作为广东集成电路产业的龙头企业，粤芯半导体继续做精、做细、做强，在推进芯片国产化替代的道路上积极发挥作用，未来还将继续联合芯片设计、封装测试、终端应用、产业基金等资源，打造粤港澳大湾区半导体产业链。

2014 年起中国半导体发展成长领先全球，在 2017 年增长率是 24.8%，主要来自汽车电子、AI（人工智能）与 5G。随着 5G 时代的到来，中国芯片未来可期。作为初创企业的粤芯半导体，将牢牢握紧市场化这把“金钥匙”，以产品为中心打造“差异化的工艺制程”，并将锁定高端模拟芯片、汽车电子、生物医疗检测、5G 前端模块等国内较为稀缺的产品方向。

粤港澳大湾区强大的经济实力、繁荣向上的经济发展趋势以及规模宏大的芯片需求，都成了粤芯人迈向成功的坚强后盾。

技术封锁、制造设备限售、设计软件停用、疫情导致的海内外物流通关问题……2020 年包括粤芯半导体在内的各大国内芯片制造企业，面临许许多多之前从未遇过的问题。虽然每一家芯片企业受到的影响不尽相同，但是受到的冲击都是实实在在的。那都是一道道关卡，等待着企业一个个去攻破。中国的芯片制造企业不可避免地面临一段时间的阵痛。

短期而言，这几乎不可避免。但是如果从更长的时间维度来看，这似乎并不完全是一件坏事。目前的情况尽管会带来诸多的不便，但对于国内芯片行业来说，反而是一个鞭策，因为所有人都明白了，国产芯片哪怕再难也要走自主化之路。

与之相呼应的是，市场上越来越多的制造企业巨头启动“ B”计划，将更多的国产零部件包括芯片引入自身的制造体系中，用来替代外界的不确定性因素，以便保证生产的稳定性。在这些方面，华为和格力都作出了表率。相信越来越多的企业也会随之而动。留给粤芯半导体等国内其他半导体企业的使命，就是能否做出可替代国外产品的芯片产品。

粤芯半导体已在路上。

粤芯半导体借助于国内在疫情控制和复工复产上所取得的良好平衡，加速国产替代进程。这是一个科学的过程，不是为了替代而替代，首先要成为国产替代的供应商就要有硬实力。固然有一些产品在国产替代上还有很长的路要走，但也有很多国内企业的一些产品，在质量和功能上其实已经达到国外同类产品水平，只因订单量还没起来，单个成本不具备竞争优势。但疫情和美国封锁当前，越来越多终端应用的客户愿意给国内半导体企业一个机会。

半导体产业起步于国外，从美国到日本、韩国，再到中国台湾，再到中国大陆。走在前面的外国企业，或多或少已在行业中起了规格定义的作用，或是形成了行业闭环。如何用合适的产品和超标的规格去实现突破，国内芯片界一直都在寻找时机。疫情以及中美之间的贸易摩擦，其实给了国内半导体企业一个非常大的机会。

粤芯自然不会错过这个机会，稳步前行。8月，广东省大湾区集成电路与系统应用研究院计算光刻研发中心主任、国家级高端技术人才专家、中国科学院微电子研究所研究员韦亚一与研究员粟雅娟调研粤芯半导体，并商议了在“先进光刻工艺研发”等方面的产学研合作。9月，粤芯半导体通过了国际知名测试、检验和认证机构TV南德的严格审核，顺利获颁ISO 14001:2015环境管理体系和ISO 45001:2018职业健康安全管理体系认证证书。至此，粤芯半导体目前已取得ISO 9001:2015质量管理体系、ISO 14001:2015环境管理体系、ISO 45001:2018职业健康安全管理体系认证证书。这些证书的获得，是对粤芯半导体卓越质量管理、节能环保管理、安全生产管理等方面能力的认可和肯定，标志着粤芯半导体的环境和职业健康安全管理水平迈上新的台阶，已步入规范化、标准化、科学化的现代企业管理轨道。

2020全年，粤芯半导体量产爬坡之后提前达成满产目标，超额完成12.7%，全年生产线优良率高达99.4%，销售额超过年度预算23%。在非常的一年交出一份亮眼的成绩单。

· 长路漫漫　砥砺前行

人生总是会有出乎意料的事情。经济生活也是一样。

2021年1月末，在公布完上一年第四季度财报后，特斯拉CFO扎卡里·柯克霍恩表示，今年第一季度公司的生产将出现困难，他将原因归咎于Model X和Model S的生产线升级，以及芯片短缺对公司生产将造成短期影响，公司正在尽最大努力渡过芯片短缺的难关。

这则坏消息意味着，汽车产业芯片的短缺问题已经从传统车企蔓延到以特斯拉为代表的新能源车企中了。汽车芯片短缺的问题不但没有得到有效解决，受影响的面仍在不断扩大。

如果把汽车也看作人的话，汽车中的芯片网络，就像是人的神经网络。汽车芯片在其中不可或缺，不同的仅仅是数量多少的问题。就算是最普通的汽车，也会有“ECU（电子控制单元）”和“ESP（电子稳定程序系统）”等汽车芯片。

近年来，不断迭代的传统汽车，已经演变成一部部带着四个轮子在路上行走的计算机。70 年间，汽车电子产品占汽车制造总成本，从不足 1% 提升至现在的 35%，预计 2030 年将达到 50%。

而像特斯拉这样的新能源高科技汽车，尤其是自动驾驶等级达到 L2 级或以上的汽车，当你打开 ACC 自动巡航时，为了满足对车辆以及周边信息的及时掌握和计算，在车体的各个部分安放的成百上千个各类芯片，全面控制着车辆的每一个动作。这情形，就跟人通过神经系统指挥肌肉运动是同一个道理。在此过程中，汽车芯片技术起了关键性作用，并成为汽车产业革新的驱动力。

早在 2020 年 12 月初，就有媒体报道，国内汽车厂商一汽大众、上海大众等面临生产中断的风险，背后原因就是芯片供给问题。到了2021年1月中旬，福特、戴姆勒、丰田汽车、菲亚特克莱斯勒汽车、日产汽车等公司也已宣称，由于芯片短缺，将在1月份减产。全球受影响的汽车产能将达到400万—500万台。奥迪CEO甚至表示，由于芯片短缺，目前奥迪有一万多名工人被迫停工，其第一季度的产量也将被控制在1万辆之内。

芯片是人类智慧的结晶，无论哪一种芯片，其涉及背后漫长的上下游生产链，牵一发而动全身。但当各大车企向汽车芯片厂商订货时，短短几个月的时间，业态已经发生了意想不到的变化。受疫情影响，在汽车芯片产业最上游的恩智浦、意法半导体等半导体制造商，受到欧美疫情的严重影响，造成材料短缺、成本上升、产量不足，进而又影响到中游企业的ESP和ECU等集成模块的生产。这条漫长的“传送链条”，最终把汽车芯片产能不足的情况传到各大车企，从而发生连锁反应。

更为严重的是，“缺芯”风暴持续肆虐，其影响范围迅速蔓延，牵动全球产业链。广东省内一些制造业企业专门组建了芯片采购团队，尽管其采购价格已经涨了十倍，但依然是买不到。如何满足广东制造业数字化进程中的海量芯片需求？这是一个非常棘手的问题。虽然短期内全部靠国内芯片企业的自有产能并不现实，但此次“缺芯”风波再次提醒一个真理，那就是只有将关键核心技术掌握在自己手里才能不慌。

作为广东本土自主创新企业的粤芯半导体，也是目前粤港澳大湾区唯一进入量产的12英寸晶圆制造企业。其正在推进二期项目建设，承担着补齐广东芯片制造短板关键一环的历史使命。

不经风雨，不成大树。不受百炼，难以成钢。“缺芯”风暴中的粤芯将企业发展方向更加聚焦，将人才、技术、设备都专注在模拟芯片领域，用专精和坚持抵达更加美好的未来。

长路漫漫，砥砺前行，期待粤芯在这次芯片紧缺的浪潮中取得新突破！

加油，粤芯半导体！

因为你们是广州第一“芯”！

选自《迎风破浪：新时代广州“智造实录”》，
花城出版社，2022年版

谁人不识君：名家写广州

广州宝庄严寺舍利塔碑[1]（节选）

王勃

王勃在南海郡治（广州）居留期间，曾应宝庄严寺之请，写下《广州宝庄严寺舍利塔碑》碑文，近代岭南文士多喜简称之为《王勃碑》。广州宝庄严寺舍利塔（宋元祐年初重建后改称千佛塔，民国重修后易名花塔至今）碑湮没已久，惟存碑文，《广东通志·金石略》收编入册时交代说，此文乃自《王子安集》录出者。（《〈广州宝庄严寺舍利塔碑〉重校摘记》）

作者介绍

王勃（649或650—676），字子安，绛州龙门（今山西河津）人。麟德初应举及第，曾任虢州参军。后往交趾探父，因渡海溺水受惊而死。与杨炯、卢照邻、骆宾王合称“初唐四杰”。其诗长于五律，风格清新流丽。其文多为骈体，重辞采而有气势，以《秋日登洪府滕王阁饯别序》（习称《滕王阁序》）最有名。有《王子安集》。

---

1. 广州宝庄严寺：即今广州六榕寺。始建于南朝刘宋年间（420—479），南汉时改名长寿寺。北宋初遭火灾，重建后名为净慧寺。因苏轼题“六榕”，遂成就六榕寺之名。舍利塔碑：梁大同三年（537），昙俗法师从扶南（今柬埔寨）迎请佛陀骨舍利，因病滞留广州，得梁武帝萧衍诏令允许，于宝庄严寺大殿前兴建舍利塔瘗（yì）藏佛陀骨舍利。

……

夫宝庄严寺舍利塔者，梁大同三年内道场[1]沙门昙俗法师之所立也。其琅琊贵族[2]，则汉庭峻节[3]，祖德[4]犹传；《梁甫》高吟[5]，嘉声[6]未远。法师夙登真地[7]，深入慧门[8]。照果业[9]于三明[10]，拂尘劳[11]于八解[12]。羊车[13]绮岁，悬欣半月之词[14]；凤阁觿年[15]，已振弥天[16]之响。道[17]惟坚固，行乃头陀[18]。百结[19]斯安，斥罗绡[20]而罢御[21]；十珍[22]

1. 内道场：皇宫内供佛的道场。2. 琅琊贵族：指昙俗法师出身于琅琊郡贵族（诸葛氏）。3. 峻节：高尚的节操。4. 祖德：祖先的功德。5.《梁甫》高吟：指"好为《梁甫吟》"的诸葛亮。6. 嘉声：美好的声誉。7. 真地：真实之地，佛教认为无差别的平等法门才是真实之地。8. 慧门：智慧法门。9. 果业：即业果。业指善业恶业；果指由业所感人、天、鬼、畜等之果报。业为因，果为报，因果相续，无穷无止。10. 三明：一般指宿命智明、天眼智明、漏尽智明，宿命智明知自身他身宿世之生死相，天眼智明知自身他身未来世之生死相，漏尽智明知现在之苦相，断一切烦恼之智。或云指菩萨明、诸佛明、无明明。11. 尘劳：世俗事务的烦恼。12. 八解：即八解脱，谓依八种定力而舍却对色与无色之贪欲。13. 羊车：佛教喻接受佛法的能力。《法华经·譬喻品》以羊车为小乘，鹿车为中乘，牛车为大乘。14. 半月之词：指僧人每半月聚集一处，专诵《戒本》。15. 觿（xī）年：一般指童年，但觿本为成人之佩，从上下文揣摩此处似亦可释为成年。16. 弥天：满天，极言其大。17. 道：向道之心。18. 头陀：意为"抖擞"，即去除尘垢烦恼。常指行脚乞食的苦行僧人，对衣、食、住等弃其贪着，以修炼身心。19. 百结：用碎布拼缀而成的衣服，形容衣着破烂。20. 罗绡：精美的丝织衣服。21. 罢御：不用。22. 十珍：十种珍馐，此处泛指美食。

虽贵，对藜藿[1]而甘心。于时以丕应[2]天人，大弘缁侣[3]。

法师至诚幽感[4]，独步玄宗[5]。岂直王公钦振锡[6]之风，固亦天子降同舆[7]之礼。宝瓶[8]宵注，则雨露随轩[9]；玉柄朝挥[10]，则风霜满席[11]。既而素怀[12]有在，潜营摈俗之图[13]；爰[14]定我居，首托栖霞之寺[15]。尔乃岩开石霤[16]，邑[17]跨金陵[18]。鱼峰多赞呗之欢[19]，虎溪有送迎之限[20]。

---

1. 藜藿：藜是野菜；藿是豆类叶子，嫩叶可食。泛指粗劣食物。2. 丕应：丕，大。应，应和。3. 缁侣：穿黑色缁衣的僧侣，此处指代佛教。4. 幽感：微妙的感应。5. 玄宗：指佛教的深奥旨意。6. 振锡：谓僧人持锡出行。锡，锡杖，杖头饰环，拄杖行则振动有声。7. 同舆：同车，天子礼遇僧人的姿态。8. 宝瓶：佛教语，尊称盛佛具法具的瓶器，有花瓶、水瓶等。9. 雨露随轩：昙俗法师为宝瓶注水，则雨露随着他的车而至，喻法师讲经佛法精深。10. 朝挥（huī）：早上挥动。11. 风霜满席：昙俗法师挥动麈尾讲经，则满座风霜，喻法师讲经庄严肃穆。12. 素怀：平素的怀抱。13. 摈俗之图：抛弃世俗生活的意图。14. 爰：于是。15. 栖霞之寺：此指南京市栖霞区栖霞山的栖霞寺，始建于南齐永明二年（484）。16. 岩开石霤：岩石开道，溪水奔流。17. 邑：都城。18. 金陵：古邑名，即今南京市。战国时代楚威王七年（公元前 333）灭越，在今南京市清凉山（石城山）设置金陵邑。19.“鱼峰”句：用曹植登鱼山闻空中梵呗的典故，喻昙俗法师来栖霞寺后讽诵佛经之声盛大欢喜。鱼峰即鱼山，在今山东省聊城市东阿县鱼山镇鱼山村。赞呗（bài），讽诵佛经之声。20.“虎溪”句：用庐山东林寺慧远法师送客不过虎溪的典故，喻昙俗法师来栖霞寺后潜心修佛，绝少交游。

紫萝山径，居藏胜托[1]；青松磵户[2]，坐谐幽致[3]，枕石漱流[4]者久之。

……

国惟瓯骆[5]，郡实番禺[6]。尔其[7]封疆跨蹑之壮[8]，海陆会同[9]之冲[10]。上当星纪[11]，下裂坤维[12]。阶[13]百越而邻三吴[14]，轵[15]雕题[16]而陬[17]交趾[18]。神仙气色，汀洲

---

1. 胜托：美好的寄托。2. 磵（jiàn）户：即涧户，山涧旁的屋舍。3. 幽致：幽趣。4. 枕石漱流：以石头为枕头，于溪流边漱口，此句喻昙俗法师隐居于此很长时间。5. 瓯骆：即洛越。古族名，百越的一支。以古贵州（今广西贵县地）为中心，分布在今广东、广西、贵州以及越南北部。6. 番禺：番禺为秦置古县。秦始皇三十三年（前214），岭南设桂林郡、象郡、南海郡。番禺是南海郡的首县，并为郡治所在地。7. 尔其：至于。8. 壮：大。9. 会同：会合。10. 冲：要冲、要道。11. 星纪：星次名。十二次之一。与十二辰之丑相对应，二十八宿中之斗、牛二宿属之。12. 坤维：因《易·坤》有“西南得朋”之语，故通常以坤指西南。维，隅。13. 阶：台阶。此处指通向。14. 三吴：唐代指吴兴、吴郡、丹阳。此处泛指长江下游地区。15. 轵（zhǐ）：车毂外端的小孔。此处或与“陬”互文见义，意应为“以……为小”。16. 雕题：以丹青雕刻涂饰额头，百越习俗。17. 陬：角落，此处名词作动词。18. 交趾：两足相交，盘腿而坐，亦百越习俗。

建不死之乡[1]；舜禹精灵[2]，原隰[3]现行宫之地。闾阎[4]雾扑，士女云流[5]。讴歌[6]有霸道[7]之余[8]，毗俗[9]得华风[10]之杂[11]。蜃楼[12]高峙，犹埋夕帐[13]；螺台[14]峻绩，尚识朝基[15]。信[16]夷夏[17]之奥区[18]，而仙灵之窟宅也。

选自《王子安集注》，上海古籍出版社，1995年版

---

1. 不死之乡：此处泛指仙境。2. 精灵：精神、灵气。3. 原隰（xí）：平原低湿之处，此处泛指原野。4. 闾阎：里巷内外的门，后多借指里巷。5. 云流：如云气流动，形容其多。6. 讴歌：歌谣。7. 霸道：指南方百越尚武的霸道之风。8. 余：余风。9. 毗俗：毗邻地区的习俗。10. 华风：指汉族或中原尚礼的风俗。11. 杂：交杂。12. 蜃楼：古人谓蜃吐气变幻成的楼阁，实为光线经过不同密度的空气层后发生显著折射的大气现象，使远处景物显现在半空中或地面上的奇异幻象，常发生在海上或沙漠地区。13. "犹埋"句：意谓傍晚时分于帐幕前目睹高楼显现并消失。14. 螺台：南越王赵佗建造的粤王台，遗址在今之越秀山。15. "尚识"句：意谓清晨时分才看到粤王台的地基。16. 信：确实。17. 夷夏：夷狄与华夏的并称。此处指南越少数民族地区与内地汉族地区。18. 奥区：腹地、要地。

与王敏仲

苏轼

《苏轼文集》中收录了十八封苏轼写给王敏仲的信，本文摘选了其中两封。苏轼这两封信谈的都是如何解决城市居民的用水问题。苏轼很关心人民群众的生活，在杭州任上疏浚西湖，至今留下“苏堤”胜迹，为人传颂。而这次为广州筹建的引水工程，却很少为人所知。从第二封信看，这一工程无疑是实施了。作者对这次工程，从设计、修建，到使用、维修，以及资金筹集，经营管理，都考虑得极为详尽、周密。在文字说明上，也极生动具体，条理井然。（编者注）

作者介绍

苏轼（1037—1101），字子瞻，号东坡居士，眉州眉山（今四川眉山）人。北宋绍圣元年（1094）六月，被贬为宁远军节度副使，再贬至惠州（今广东惠州）。同年八月，苏轼沿梅关古道入广东，借道广州入惠州。绍圣四年（1097），再贬至海南儋州。元符三年（1100）四月，苏轼遇赦北还，第二年不幸于常州病逝。苏轼自言“问汝平生功业，黄州惠州儋州”，曾两度途经广州，游览白云山、南海神庙等胜迹。有《东坡七集》等。

• 一

某启。罗浮山道士邓守安，字道立。山野拙讷，然道行过人，广、惠间敬爱之，好为勤身济物之事。尝与某言，广州一城人，好饮咸苦水，春夏疾疫时，所损多矣。惟官员及有力者得饮刘王山井水，贫丁何由得。惟蒲涧山有滴水岩，水所从来，高可引入城，盖二十里以下尔。若于岩下作大石槽，以五管大竹续处，以麻缠之，漆涂之，随地高下，直入城中。又为一大石槽以受之，又以五管分引，散流城中，为小石槽以便汲者。不过用大竹万余竿，及二十里间，用葵茅苫盖，大约不过费数百千可成。然须于循州[1]置少良田，令岁可得租课五七千者，令岁买大筋竹万竿，作筏下广州，以备不住抽换。又须于广州城中置少房钱，可以日掠二百，以备抽换之费。专差兵匠数人，巡觑[2]修葺，则一城贫富同饮甘凉，其利便不在言也。

自有广州以来，以此为患，若人户知有此作，其欣愿可知。喜舍之心，料非复塔庙之比矣。然非道士至诚不欺，精力勤干，不能成也。敏仲见访及物之事，敢以此献，兼乞裁度。如可作，告差人持折简招之，可详陈也。此人洁廉，修行苦行，直望仙尔，世间贪爱无丝毫也，可

---

1. 循州：即今惠州。2. 巡觑：巡逻视察。

以无疑。从来帅漕诸公，亦多请与语。某喜公济物之意，故密以告，可否更在熟筹，慎勿令人知出于不肖也。

• 二

闻遂作管引蒲涧水甚善。每竿上，须钻一小眼，如绿豆大，以小竹针窒之，以验通塞。道远，日久，无不塞之理。若无以验之，则一竿之塞，辄累百竿矣。仍愿公擘画少钱，令岁入五十余竿竹，不住抽换，永不废。僭言，必不讶也。

选自《苏轼文集》，中华书局，1986 年版

新创白云书院记

湛若水

明代时，白云山中有三寺。居中为白云寺，左月溪寺，右景泰寺。明嘉靖年间（1522—1566），广东提学魏校大毁寺庵，兴建书院、办社学。三寺既废，都被改作书院。其中白云寺在嘉靖二十九年(1550)被湛若水改建为白云书院，寺观园林地成了书院园林地。于是湛若水作《白云书院记》，详细记述了当时白云故寺四周的环境、修建白云书院的经过及书院的设置。（《广州古园林志》）

作者介绍

湛若水（1466—1560），字元明，号甘泉，增城（今广州）人。少师事陈献章。在翰林院时与王守仁同时讲学，主张“随处体认天理”“知行并进”。广建书院，尤以广东为甚，如西樵大科书院、增城莲洞书院、广州白沙书院等。学者称其为甘泉先生。卒谥文简。著有《心性图说》《格物通》《甘泉集》等。

嘉靖庚戌三月明生，甘泉翁游于景泰之下，谒黄宫詹祖考粤洲府君[1]之墓。泰泉公私与人曰："盍为泉翁卜书院，为山邻？"以告曰："未有主者，白云毁寺之基[2]其可。"遂闻于府别驾曾君广翰。〔曾君慨然，亟查僧广遐于魏督学毁寺之初，匿此地不以报官，召卖者，准湛瑶纳军饷，出帖税付管。〕[3]

是月十日，甘泉翁与宝潭钟子景星、冢山郭子肇乾、两湾康子时聘、季子涞之，出天关[4]，主事李少偕时行[5]先候于小北门，共往观之。过上塘村，曰："此白云洞口也。"一水滔滔，自北而南，行七八里，过石坊，曰黄家山庄。仰见一□，来从山顶，如自天而下，如虹如桥，缥缈如行空中。至路口，又有一径来合。于是迤逦而东，过戴家墓东，由私蹊而入焉。诸子请立白云书院，与诸生游学。甘泉翁可之，叹曰："高矣美哉！"第由私蹊捷径而入，不似吾心。因知右景泰，泰泉黄公得之，左月溪，铁

---

1. 黄官詹祖考粤洲府君：黄官詹指黄佐，字才伯，号泰泉。广东香山（今中山）人。曾任少詹事兼翰林侍读学士。祖黄瑜，号双槐。父黄畿，别号粤洲，学者称粤洲先生。2. "白云毁寺之基"句：谓白云寺已毁，其基可以建书院。3.〔曾君慨然，……付管。〕：据《甘泉先生续编大全》卷五补。4. 天关：指天关精舍或天关书院。据光绪《广州府志》："天关书院在（广州）东门内，湛若水建，后为子孙居宅。"5. 李少偕时行：李时行，字少偕，黄佐弟子，为"南园后五先生"之一。

桥黄公[1]得之，皆毁寺之初也[2]，于时为易。而此寺独若鬼隐神秘，而无有取之者。夫三寺者，白云之山之三胜也。左右既先主于二黄矣，而此地独留之二十八年以待予，岂人谋所能及哉。韩子："天作而地藏之，以遗斯人。"今天作之矣，地不藏之矣，而人藏之以待予焉。又信天地人三益于予，而不受者之难也。

是月二十日载[3]观焉。复出小北门，度上唐村而北，而黄家庄，而僧归亭，旧址下有丘隆然如口，顾谓左右曰："此可石坊，为白云书院先门也。"遂立第一山，米书"云归亭"。又扶而上，由戴墓之左，遵界而南，小憩于悬崖之亭，曰"留仙亭"。曰："此可妥安期生也。"由南而东，为故寺鹤舒台，登焉。曰："此安期生飞升处也。"志之，更筑湛子著书台焉。东指曰："由此可达月溪。"历茶坡而北，伫立为书院中门，三司[4]之所建者。于此观书院之基，高敞盘郁，顶峰尊崇，群山护之，如丈人俨然中居，而童冠环列拱立然。乃辟荆榛，由此中道入云生门，过倚云门而上，曰："此所乃陈小江大巡贶金，修创门楼，扁立'白云书院'处也。"由门楼下，升大

1. 铁桥黄公：指黄衷，字子和，别号病叟。广东南海（今广州）人。弘治进士，官终兵部右侍郎。2."皆毁寺"句：指嘉靖初，提学魏校大毁寺庵兴建书院、社学。3. 载：通"再"。4. 三司：明代各省设都指挥司、布政司、按察司，分主军事、民政、司法，合称三司。

道门，入遵道门，曰：“洞开重门，无少私曲，不亦如我心乎。夫然后内外之一也。”

北憩于九龙之泉，泉出泠泠，冬不绝声，以注于九龙之口。或曰：“此记所称九童子进安期泉也。”翁曰：“且置勿论，而其生生无穷逝者，固如斯夫。”亟薙[1]草莱而坐焉。遵道门之内为尊师祠，塑白沙先生[2]像北堂，扁曰“观生堂”。堂之前筑台，曰“观泉台”。又升而上，修讲堂五间，扁曰“尽存堂”，立碑，立孔圣、四配像，为诸生瞻仰。又升而上，为坐堂五间，扁曰“坐进之堂”。盖与诸生静坐于此云。仰扳绝顶，披蒙茸，逐云日，书刻“第一峰”。绝顶中立洒然，四顾无山与之齐者，又不知山之上有天焉，以入于无穷，令人直欲插羽翰，乘日月，凌倒景，以观世界，以游无何也。

其东北为左高峰，西南为右高峰，俯视南极，为三岛洲，为抱旗山，为青萝障，为波罗，为虎门，为洋海，历历皆在几下。堂之左右，以前有三桔，干无皮，理连枝，花盛开，如明珠万颗。所谓三珠树，六桔关，固自古记之。青萝王子[3]谓蝴蝶洞有唐时桔，非此类，以异之。或曰：“此百年桔也，僧惠杰所植。”曰：“世岂有百年桔哉，

---

1. 薙（tì）：除草。2. 白沙先生：即陈献章，字公甫，广东新会人，居江门白沙里，人称陈白沙。3. 青萝王子：即王渐逵，字用仪，号青萝子，广东番禺（今广州）人。湛若水学生。

非此山之瑞乎。”忽闻云外有歌者，曰：“白云山高兮高入天，登高望远兮轻人寰，隘六合兮忘晨昏。童子入云兮采药，人不见兮空闻言。濯龙泉兮自清，倚珠树兮盘桓。”又歌曰：“白云鸿蒙兮宇宙为家，混天地万物而不分兮浩其无涯。廓乎吾庐兮不返，广居不居兮君谓之何？”

于是诸子请问尽存之义。翁曰：“勿忘勿助之间，心斯尽矣。夫忘助，皆蔽亏之者也。如彼日月，物无蔽亏，圆满明光，普天照耀。故心尽则广大高明之体全，而廓然大公，天理见矣，是谓知性，是谓知天。即一念而不息，终日乾乾，收拾此焉，以有诸己，是谓存心。夫尽斯存斯，斯斯物也。道也，心也，性也，天也，一也。即尽即存，一心不息，知性养性，知行并进，直达天德。天德在我，天命我立，万化我出，我与天一，斯圣人之学备矣。诸子志之。”诸生前曰：“请记于石，以示来者。”庚戌三月。

选自《湛若水全集》，上海古籍出版社，2020年版

广东新语（节选）

屈大均

屈大均在《广东新语》中记录了广东的天文地理、经济风物、人物风俗，它集各史志之所长，记述翔实，内容丰富，具有极高的史料价值和学术价值，成为传世之作，历来评价极高，当代学者誉之为“广东大百科”。……屈大均树立了以社会经济生活为中心的经世致用史学，并且“以诗为史”，在从封建传统史学向近代史学的过渡中起着先驱的作用。（《珠江近古学说学派：千年南学灿烂期》）

作者介绍

屈大均（1630—1696），字介子、翁山，僧名今种，广东番禺（今广州）人。少有诗名，清兵入粤时，参加反清斗争，始终拒绝入仕清廷。明永历四年（1650），清兵攻陷广州，在番禺海云寺削发为僧。永历六年（1652），北上云游，以谋复明。清康熙二十二年（1683），郑成功之孙郑克塽降清，屈大均由南京携家归番禺，终不复出。与陈恭尹、梁佩兰并称“岭南三大家”。有《广东新语》《翁山诗外》等。

五羊石

周夷王[1]时，南海有五仙人，衣各一色，所骑羊亦各一色，来集楚庭[2]，各以谷穗一茎六出，留与州人，且祝曰：“愿此阛阓[3]，永无荒饥。”言毕腾空而去，羊化为石。今坡山有五仙观，祀五仙人。少者居中持粳稻。老者居左右持黍稷，皆古衣冠。像下有石羊五，有蹲者、立者，有角形微弯势若抵触者，大小相交，毛质斑驳。观者一一摩挲，手迹莹然。诸番往往膜拜之，薰以沉水，有烟气自窍穴中出，若石津润而生云也。

三山[4]

会城中故有三山。其在番禺治东南一里者曰“番山”，迤逦而北一里曰“禺山”，其北曰“粤秀”。昔人尝以尧山及番禺为三山，与五岭并称。今尧山莫知其处，疑即粤秀也。三山之脉，自白云蜿蜒而来，为岭者数十，乍开乍

1. 周夷王：西周时的君主。2. 楚庭：相传为南粤最早的宫室名，建于春秋中期。故址在越秀山下，与尉佗宫故址同处。今尚存“古之楚庭”的石牌坊。此处用楚庭代指广州。3. 阛阓（huánhuì）：指市场、街市。4. 三山：指番山、禺山、越（粤）秀山。

合，至城北耸起为粤秀，落为禺，又落为番。禺北番南，相引如长城，势至珠江而止。自刘龑[1]凿二山以为宫阙，而番禺遂平。今郡学有小丘高仅数丈，则番山之余也。禺山自谯楼、双阙，连西竺至玄览台一带皆是。登高望之，犹见其盘旋不断、回抱三城之势。盖司马迁所谓“番禺一都会”，刘安所谓“一军处番禺之都”，任嚣[2]所谓“番禺负山险阻”，皆指此三山之中也。番禺之名最古。《山海经》云：“黄帝生禺阳、禺号。禺号处南海，生徭梁。徭梁生番禺。番禺者，贲隅也。禺阳、禺号者，黄帝之庶子也。番禺，黄帝之曾孙也。”则番禺之名，以黄帝之曾孙也。若中宿之山曰“二禺”，亦曰“禺阳”，则以二庶子也。然番禺之山甚大。《山海经》云：“桂林八树，在番隅东。”隅，禺也。又曰：“南禺之山，鹓雏[3]是出。”而《罗浮记》云：“罗山之顶有桂。所谓贲隅之桂。”贲，

---

1. 刘龑（yǎn）：五代时南汉国建立者。917—942年在位。初名岩，一名陟。南海王刘隐之弟，掌管军事。隐死，后梁授为清海军节度使，封南平王。后梁贞明三年（917）称帝，建都广州，国号“大越”。次年改国号“汉”，史称“南汉”。后唐同光三年（925）改名龚，后改名龑。据有今广东、广西之地。任用中原士人为相，招徕海外和各地商贾，使广州港口日渐繁荣。2. 任嚣：秦将领。秦始皇三十三年（前214）率军统一岭南，首任南海尉，在今广州仓边路西侧修筑番禺城。3. 鹓雏（yuānchú）：传说与凤凰同类的鸟。

番也。则又以罗山为番禺也。或曰："罗浮之西麓为白云，番禺者，白云之南麓也。则白云、罗浮皆可名番禺也。"《山海经注》曰："丹穴之东，是曰南禺之山，其广四千七百三十里，有凤凰、鹓雏。"或曰："南禺谓罗山之南、番禺之东也。"则禺山甚广大，处处皆可名禺山也。今会城之禺山虽没，而自清远至博罗，谓皆禺山之所磅礴焉可也。番禺之山甚大，故秦汉时，以广州之地总称番禺。不然者。城中之番、禺二小山，特培塿[1]耳。昔人合之以名广州，其义何居？地理家众山皆尊，小者为主，夫岂其然耶？番与贲同音潘，禺与嵎通作隅。《史记》："宅隅夷。"《列子》："隅谷亦作禺。"禺之名，惟广州有之。而说者谓番禺旧读翻容。故谚有云："北人不识番禺，南人不识盩厔[2]。"然不知又何以读番禺也。西竺，山名，在今城隍祠后，然亦平矣。而南海县治西南，有坡山高五六丈，俯临大市，亦皆三山之支云。粤秀耸拔三十余丈，旧有番、禺二山前导，今巍然三峰独峙，为南武之镇。城跨山腰而出，下有二门，左曰大北，右曰小北。中峰之正脉，落于越王故宫，故都使司署是也。山上有朝台故址，相传台象北斗为之。圆基千步，平顶三亩。复道飞

---

1. 培塿（pǒulǒu）：亦作"附娄""部娄"。小土丘。《左传·襄公二十四年》："部娄无松柏。"杜预注："部娄，小阜。"2. 盩厔（zhōuzhì）：旧县名。在今陕西省中部。西汉置县。1964 年改名周至县。

轩，逶迤曲折，是南越王朔望升拜以朝汉，自称“蛮夷大长老夫臣佗昧死再拜上书皇帝陛下”之处也。《南越志》云：“熙安县东南有固冈，高数十丈，冈西面为羊肠道，尉佗登此望汉而朝宗，故曰‘朝汉台’。”台从西历番、禺二山以上，石路纡回。《广州记》以为“直峭百丈，螺道登进”是也。台西有歌舞冈[1]，乃佗三月三日修禊[2]之处。刘龚叠石为道，名曰“呼鸾”。夹栽甘菊、芙蓉其间，与群臣游宴，又名此冈曰“游台”。台久废，今但曰“台冈”。此三山之大概也。

• 广州时序

立春日，有司逆勾芒、土牛。勾芒名“拗春童”，着帽则春暖，否则春寒。土牛色红则旱，黑则水。竞以红豆、五色米洒之，以消一岁之疾疹。以土牛泥泥灶，以肥六畜。

元日拜年，烧爆竹，啖煎堆、白饼、沙壅，饮柏酒。

1. 歌舞冈：在越秀山西北部，为尉佗三月三日修禊之处。南汉主刘龚，在冈前筑石道，夹道种甘菊、芙蓉，名曰呼鸾道。与群臣游宴冈上，称为游台。2. 修禊：古俗夏历三月上旬的巳日（魏以后始固定为三月三日）到水边嬉游，以消除不祥，称为“修禊”。

元夕，张灯烧起火，十家则放烟火，五家则放花筒。嬉游者，率袖象牙香筒，打十八闲为乐。城内外舞狮、象、龙、鸾之属者百队，饰童男女为故事者百队。为陆龙船，长者十余丈，以轮旋转，人皆锦袍倭帽，扬旗弄鼓，对舞宝灯于其上。昼则踢毽五仙观。毽有大小，其踢大毽者，市井人；踢小毽者，豪贵子。歌伯斗歌，皆着鸭舌巾、驼绒服，行立凳上，东唱西和，西嘲东解，语必双关，词兼雅俗，大约取晋人读曲十之三，东粤摸鱼歌十之四，其三分则唐人竹枝调也。观者不远百里，持瑰异物为庆头。其灯师又为谜语，悬赏中衢，曰“灯信”。

二月始东作，社日祈年，师巫遍至人家除禳[1]。望日，以农器、耕牛相市，曰“犁耙会”。清明，有事先茔，曰“拜清”。先期一日曰“划清”。新茔必以清明日祭，曰“应清”。

三月二十三日，为“天妃会”，建醮扮撬，饰童男女如元夕，宝马彩棚亦百队。佛山则以上巳为“真武会”，放大爆竹。

四月八日“浴佛”，采面荭榔，捣百花叶为饼。是日，江上陈龙舟，曰“出水龙”。潮田始作。

五月，自朔至五日，以粽心草系黍，卷以柊叶，以

1. 禳（ráng）：祭祀名。祭祀鬼神以祈求消除灾祸。

象阴阳包裹。浴女兰汤，饮菖蒲雄黄醴，以辟不祥。士女乘舫，观竞渡海珠，买花果于疍家女艇中。

夏至，磔[1]犬御蛊毒，农再播种，曰“晚禾”。小暑，小获；大暑，则大获。随获随莳[2]，皆及百日而收。

七月初七夕，为七娘会，乞巧，沐浴天孙圣水，以素馨、茉莉结高尾艇，翠羽为篷，游泛沉香之浦，以象星槎。十四，祭先祠，厉为盂兰会。相饷龙眼、槟榔，曰“结圆”，潮州则曰“结星”。二十五为安期上升日，往蒲涧采蒲，濯韸韸[3]水。

八月，蓼花水至，有月，则是岁多珠。为大饼象月浮，桂酒剥芋，芋有十四种，以黄者为贵。九日载花糕、萸酒，登五层楼、双塔，放响弓鹞。

霜降，展先墓，诸坊设斋醮禳彗。

十月下元会，天乃寒，人始释其荃葛。农再登稼，饼菜以饷牛，为寮榨蔗作糖霜。

冬至曰“亚岁”，食鲙，为家宴团冬。墓祭曰“挂冬”。

小除，祀灶，以花豆洒屋。次日，为酒以分岁，曰“团年”。

---

1. 磔（zhé）：分裂牲畜肢体以举行祭祀。《礼记·月令》：“（季春之月）九门磔攘。”孙希旦集解：“磔，磔裂牲体也。九门磔攘者，逐疫至于国外，因磔牲以祭国门之神，欲其攘除凶灾，禁止疫鬼，勿使复入也。”2. 莳（shì）：移植（秧苗）。3. 韸韸（péngpéng）：水声。

岁除，祭，曰“送年”。以灰画弓矢于道射祟，以苏木染鸡子食之。以火照路，曰“卖冷”。

· 濠畔朱楼

广州濠水，自东西水关而入，透迤城南，径归德门外。背城旧有平康十里，南临濠水，朱楼画榭，连属不断，皆优伶小唱所居。女旦美者，鳞次而家，其地名“西角楼”。隔岸有百货之肆、五都之市，天下商贾聚焉。屋后多有飞桥跨水，可达曲中，宴客者皆以此为奢丽地。有为《濠畔行》者曰：“花舫朝昏争一门，朝争花出暮花入。背城何处不朱楼，渡水几家无画楫？五月水嬉乘早潮，龙舟凤舸飞相及。素馨银串手中灯，孔雀金铺头上笠。风吹一任翠裙开，雨至不愁油壁湿。”是地名“濠畔街”，当盛平时，香珠犀象如山，花鸟如海，番夷辐辏，日费数千万金，饮食之盛，歌舞之多，过于秦淮数倍，今皆不可问矣。噫嘻！

• 名园

广州旧多名园。其在城东者，曰东皋别业，陈大令[1]之所营也。初从山口关之东而入，有一湖，曰蔬叶。尝有蔬叶自罗浮流至。湖中有楼，环以芙蓉、杨柳。三白石峰矗其前，高可数丈。湖上榕堤竹坞，步步萦回。小汊穿桥，若连若断。自挹清堂以往，一路皆奇石起伏。羊眠陂陀岩洞之类，与花林相错。其花不杂植，各为曹族，以五色区分。林中亭榭则以其花为名。器皿几案窗棂，各肖其花形象为之。花有专司，灌溉不摄。司梅者则处梅中。客至梅中，司梅者供其茗果，而以梅之利输主人。他所有花木皆然。登其台，珠海前环，白云后抱。蒲涧文溪诸水，曲曲交流，悉贯玉带桥而出。有彩舟四，曰只在，曰弄碧，曰渔长，曰浮家。客至随所欲乘，主人弗问。夹岸桃树有一坊，书曰“桃花源里人家”。越一曲为锦袍湾，二曲为九龙井。委折而西，与凫鸥相逐，日不知其几十里也。湖尽，万松谡谡[2]，直接赤冈山径而止。桂丛藤蔓，缭绕不穷，行者辄回环迷路。文忠公[3]与大令，兄弟也。有诗云：“山

---

1. 陈大令：即陈子履，陈子壮从兄。2. 谡谡（sùsù）：劲挺有力貌。3. 文忠公：即陈子壮，字集生，号秋涛，广东南海（今广州）人。南明永历帝任命其为东阁大学士、兵部尚书，督广东、福建、江西、湖广军务。清兵入粤，与陈邦彦、张家玉联合抗击清军，后兵败被俘，不屈而死。赠番禺侯，谥文忠。

水经营始宁墅，画图二十孟城坳。”此城东名园之故事也。

其在城西者，曰西畴，为吴光禄所筑。梅花最盛。又五里有荔枝湾，伪南汉昌华故苑，显德园在焉。又五里三角市中为花田，南汉内人斜也。刘铱[1]美人字素馨者葬其中。铱多植素馨以媚之，名素馨斜。有咏者云："花田近在城西社，素馨花气熏游冶。美人墓上多牛羊，当日人前面空赭。"其在半塘者，有花坞，有华林园，皆伪南汉故迹。逾龙津桥而西，烟水二十余里。人家多种菱、荷、茨菰[2]、蕹[3]芹之属。其地总名西园矣。

城南有望春园，有芳华苑，亦伪南汉故迹。其南园，则国初五先生倡和之地。里许为斐园，文忠公所营。有阁曰桐君，公尝自称桐君，故以名。

北则有芳春园，桃花夹水二三里，东接蕗蕗之水，可以通舟。一名甘泉苑。其桥曰流花。铱与女侍中卢琼仙、黄琼芝、蟾姬、李妃、女巫樊胡子及波斯女，为红云宴于此。雨后往往拾得遗钗珠贝，知为亡国之遗物也。大抵铱时，三城之地，半为离宫苑囿。又南北东西环城有二十八寺，以象二十八宿。民之得以为栖止者无多地也。其为无道若此。

选自《广东新语》，中华书局，1985年版

1. 刘铱（chǎng）：五代时南汉国国君，958—971年在位。2. 茨菰（cí gu）：同"慈姑"，多年生草本植物。3. 蕹（wèng）：常见蔬菜，也叫空心菜。

登镇海楼赋

陈恭尹

镇海楼在越秀山的小蟠龙冈上。明代洪武（1368—1398）初，镇守广州的永嘉侯朱亮祖将北城墙扩展到越秀山上，并在城墙最高处建造了这座楼，初称望海楼，俗称五层楼。《大明一统志》记有“望海楼，在府城上北，本朝洪武初建，复檐五层，高八丈余”。民间相传，朱亮祖听信越秀山有“帝王之气”之说，认为这将危及明朝江山，于是奏禀当朝皇帝，建楼以镇之。数百年来，文人墨客登楼赋咏者众，其中，明末清初陈恭尹的《登镇海楼赋》最具气势且详尽。（编者注）

作者介绍

陈恭尹（1631—1700），字元孝，号半峰，晚号独漉子，广东顺德（今佛山顺德）人，明末抗清烈士陈邦彦之子。明永历三年（1649），世袭锦衣卫指挥佥事。其父被清兵俘获处死之后，至增城避难。后多年奔走，进行反清复明活动。清顺治十八年（1661），闻永历帝遇害，携眷隐居于顺德羊额。清康熙十七年（1678），因牵涉“三藩之乱”遭逮捕下狱，后定居于广州城南。康熙三十九年（1700），病卒于广州。终其一生不仕清。有《独漉堂集》。

镇海楼在广州北城上，因山为基，五层特出，高可知也。明洪武[1]初，东莞伯何真[2]以全粤归命[3]，永嘉侯朱亮祖[4]请合三城而一之[5]，绘图入告，而建斯楼。三百年间，人文特盛，超轶宋唐，多骨骾之臣，无僭窃之患，或以为斯楼之助也。甲申[6]以后，日就倾圮[7]，而城郭亦与之萧条。比岁甲子[8]，大司马吴公[9]、大中丞李公[10]招徕旧民[11]，各复其宇，乃命有司，撤而新之。己巳[12]仲春，予偕诸同人登焉，相约为长律，以纪其胜。属以他事小阻，而诸公诗成，或百韵，数十韵，予无以加也。乃为之赋云尔。

---

1. 洪武：指明太祖朱元璋的年号（1368—1398）。2. 何真：字邦佐，广东东莞人。元末任广东行省右丞。明洪武元年（1368）归顺朱元璋，授江西行省参知政事，历任浙江、湖广布政使，封东莞伯。3. 归命：归顺。4. 朱亮祖：明初将领。六安（今属安徽）人。元末授为“义兵”元帅，被朱元璋所俘，降而复叛，终再归顺。参与攻灭陈友谅、张士诚等役。明洪武元年（1368）随廖永忠取两广，两年后封永嘉侯。5. 合三城而一之：指将宋代以来的广州中城与西城、东城之间的城墙打通，连为一个大城。6. 甲申：明崇祯十七年（1644）。7. 倾圮（pǐ）：倒塌。8. 甲子：清康熙二十三年（1684）。9. 吴公：吴兴祚，曾任兵部尚书、两广总督（别称大司马）。10. 李公：李士桢（曾因避雍正的名字胤祯之讳改为李士正），曾任广东巡抚（别称大中丞）。11. 旧民：故民，从前居于此的百姓。12. 己巳：清康熙二十八年（1689）。

繄[1]百粤之雄都，乃维扬[2]之南暨[3]，炳分野[4]于双星，曜炎灵于二气。江则三州[5]奔汇，山则五岭[6]环起；荆梁[7]归其泉源，庚桂[8]张其屏扆[9]。爰自尧秩[10]南讹[11]，禹疏黑水[12]。周武周宣，于疆于理。二禺[13]八桂[14]，表[15]山海之经；玳瑁珠玑，书龙门之史[16]。盖已被皇风于上世，矜奇迹于南纪[17]。至若穗梁绘楚[18]，雪屋飞杨[19]，城开似

---

1. 繄（yī）：句首助词。2. 维扬：扬州，古代九州之一。3. 南暨：南至。4. 分野：与星次相对应的地域。古以十二星次的位置划分地面上州、国的位置与之相对应。就天文说，称作分星；就地面说，称作分野。5. 三州：应指古九州中的梁州、荆州、扬州。6. 五岭：指在湖南、江西南部和广西、广东北部交界处的越城岭、都庞岭、萌渚岭、骑田岭、大庾岭。7. 荆梁：荆州、梁州。8. 庚桂：大庾岭、桂岭（即萌渚岭），指代五岭。9. 屏扆（yǐ）：屏风，此处是屏障之意。10. 尧秩：传说尧曾令申叔辨别耕种次序。秩，次序。11. 南讹：夏时耕作及劝农等事。12. 禹疏黑水：传说大禹曾疏导甘肃张掖的黑水，经三危山，入于南海。13. 二禺：广东清远北部的中宿峡（今清远峡）有南禺和北禺二山。14. 八桂：传说中番禺的八颗桂树。《山海经·海内南经》："桂林八树，在番隅东。"番隅即今番禺。15. 表：表现。16. 龙门之史：指司马迁《史记》，因为司马迁生于龙门。17. 南纪：南方。《诗·小雅·四月》："滔滔江汉，南国之纪。"18. 绘楚：《广州记》载，"广州厅事梁上，画五羊像，又作五谷囊，随像悬之。云昔高固为楚相，五羊衔谷萃于楚庭，故图其像为瑞。六国时广州属楚"。19. 雪屋飞杨：《羊城古钞》"杨子宅"条载，"在珠江南岸，汉章帝时，议郎杨孚故居。孚尝从洛阳移五鬣松种宅前，冬雪盈树，人皆异之，因目其地曰'河南'。盖粤无雪，而孚之松独有雪也。唐许浑诗'河畔雪飞杨子宅，海边花发越王台'，即指此"。

雁[1]，石化名羊[2]，为真为妄，若存若亡[3]。朝台[4]表于北郭，双阙启于中方，虽遗踪之未沫，义无取于僭王[5]。淮右[6]奋兴，九州未毕，东莞识时[7]，南天戴日[8]。时则有将帅公侯，经纬明密，廓省署而大之，合三城以为一。乃按方隅，仰窥乾象，肇建斯楼于城之上。涌地五成[9]，浮空百丈，北拱[10]神京，南临溟涨[11]。允矣庙谟[12]，其猷克壮，武事既张，文风攸畅。历三百[13]如一朝，洵英贤之相望。

---

1. 城开似雁：未详典故所出。或指内城、外城城门逐次打开，犹如雁行。2. 石化名羊：指五羊化石的传说。3. 若存若亡：有时记在心里，有时则忘记。后用以形容若有若无，难以捉摸。4. 朝台：台名。又称朝汉台。相传汉文帝遣陆贾出使南越，晓之以义，感之以诚，其王赵佗遂称臣。因冈作台，北面朝汉，朔望升拜。故名。5. 僭王：逾越礼义，非中央朝廷分封而擅自称王。6. 淮右：淮西，即淮南西路。朱元璋诏令曾说“朕本淮右布衣”。7. 东莞识时：指东莞伯何真识时务归顺朱元璋。8. 戴日：本指敬奉太阳，此处应指归顺明朝，古代往往把皇帝喻为太阳。9. 涌地五成：如从地下涌出。镇海楼地基高出地面，与楼体各占五成，今亦可见。佛经常载有宝物或佛菩萨突然从空无一物之地下涌出的神妙事迹，例如《法华经·见宝塔品》有七宝塔自地下涌出的记述。10. 北拱：向北拱卫。11. 溟涨：大海。12. 庙谟：庙堂之谋，朝廷的政策。13. 三百：明朝（1368—1644）共276年，三百为虚数。

及其废也，同符宗社，无可倚之栋梁，有难支之大厦。弓屡弋[1]于九乌[2]，龙不成于五马[3]，翦为貔虎之场，尽落鸳鸯之瓦[4]。城复于隍[5]，鸿飞于野，巷无居人，谁为游者！

往事已矣，新政初敷。两台使者[6]，三事大夫[7]，劳徕安集，周爰咨谋[8]。呈材鸠[9]众，画堵分区[10]，运斤匠石[11]，督墨[12]公输[13]。基则因其故武，制勿侈于前模。庶

---

1. 弋：用带绳子的箭射鸟。2. 九乌：九日。此处意谓如羿射九日，喻攻克顽敌。3. 龙不成于五马：《晋书·元帝纪》载童谣云“五马浮渡江，一马化为龙”，指西晋末司马氏五王南渡长江，其中琅琊王司马睿于建邺（今南京）建立东晋王朝，故曰化龙。此处反用其典，意谓流落南方的南明王朝无力抵抗清兵，最终覆亡。自1644年明朝首都北京陷落，福王朱由崧等南渡后，先后建立多个南明政权，最终全部败亡。4. 鸳鸯之瓦：成对的瓦，指中国传统屋瓦形式，一俯一仰，形同鸳鸯依偎交合，故称鸳鸯瓦。5. 城复于隍：城墙倾覆于无水的城，语出《周易·泰卦》。复，同“覆”，倾覆。隍，无水的城壕为隍，有水的城壕为池。6. 两台使者：藩台和臬台的合称，指清代地方行政长官承宣布政使和提刑按察使。7. 三事大夫：三公。语出《诗·小雅·雨无止》：“三事大夫，莫肯夙夜。”8. 周爰咨谋：广泛地咨询谋划。语出《诗经·小雅·皇皇者华》：“载驰载驱，周爰咨谋。”9. 鸠：集合。10. 画堵分区：在墙上精确画出建筑分区结构图。堵，墙。11. 运斤匠石：运斤成风、技巧高超的匠人。12. 督墨：纠正墨工所画尺度。13. 公输：公输盘，即鲁班。

民子来以不日，鬼神鞭石[1]而先驱。尔乃八维四表，平阶广堿[2]，累千柱以相承，列重梯而互陟。檐啄张牙，飞轩比翼，藻棁[3]交驰，荷蕖反植[4]。高窗则阴阖而阳开。雕墙[5]则外杀[6]而中直。三光倒景于暮朝，五纬[7]分层而生克[8]。况夫制作精坚，取裁丽则。不事雕镂，岂荣金碧，榱[9]以石楠，椽以铁力。绮缀交疏[10]，文藤细织，烟云入而莫拒，鸟雀穿而胡得。于是怀古幽人[11]，选胜嘉宾，星言夙驾[12]，相命佳辰，层开紫闼[13]，共眺青春[14]。带环城之万堞[15]，瞰四远之重闉[16]，同一时之景物，若渐上[17]而

1. 鬼神鞭石：《艺文类聚》卷七十九引晋伏琛《三齐略记》载，“始皇作石桥，欲过海观日出处。于时有神人，能驱石下海，城阳一山石，尽起立。嶷嶷东倾，状似相随而去。云石去不速，神人辄鞭之，尽流血，石莫不悉赤，至今犹尔”。后遂以“鞭石”为神助的典故。2. 堿（cè）：台阶。3. 藻棁（zhuō）：梁上有水藻花纹的短柱。4. 荷蕖反植：指天花板上倒画的荷花，根在上而花叶在下。5. 雕墙：饰以浮雕、彩绘的墙壁。6. 杀：收。此指镇海楼逐层收缩，每上一层楼，墙体范围相对于下层都有很小的收缩。7. 五纬：金、木、水、火、土五星。8. 生克：五行之间的相生相克。9. 榱（cuī）：椽子。10. 交疏：窗上交错雕刻的花格子。11. 幽人：幽居之人。12. 星言夙驾：星夜及早晨驾车出行。13. 紫闼：宫殿之小门。14. 青春：春天。15. 堞（dié）：城墙上如齿状的矮墙，也称女墙。16. 闉（yīn）：古代城门外的曲城。17. 渐上：指登楼逐渐向上。

加新[1]。踞高峰之峻极[2]，宏大观[3]于朱垠[4]，抚虚空而回首，叹独立而谁邻。尔乃下听松风，俯临绝巘[5]，珠海一环，牂江[6]一线；隐映池台，参差古殿；万室如鳞，千帆若扇；白缭诸溪，青分数县。

其旁则路号呼鸾[7]，冈名歌舞[8]。越秀为一郡之主峰，浮丘[9]乃七天之门户[10]。虹霞之洞[11]，日月之泉[12]。白云竦峙，香浦[13]洄漩。前贤遗范，往往在焉。期当五百，学绍千年。菩提万里以谶[14]佛，菖蒲九节而成仙[15]。

---

1. 加新：指越登高，视野越广阔，景色越新奇。2. 峻极：极高的样子。语出《礼记·中庸》："发育万物，峻极于天。"3. 大观：盛大壮观的景象。4. 朱垠：指南方极远之地。5. 绝巘（yǎn）：极高的山峰。6. 牂（zāng）江：牂牁（gē）江，发源于贵州，流经广州地段，亦称郁江、西江。7. 呼鸾：传说越秀山上有呼鸾道，南汉高祖刘龑使人叠石为之。8. 歌舞：传说越秀山上有歌舞冈，南越王赵佗三月三修禊之处。9. 浮丘：浮丘石。古代广州城西珠江中露出水面的小石丘岛，宋代方信孺《南海百咏》载，"其高一丈五六尺，周四百余步"，其上曾有浮丘寺、葛洪丹井等名胜。位置在今广州市区中山七路东段，早已埋为路基。10. 七天之门户：用典未明，或指葛洪于道教"第七洞天"的罗浮山炼丹修道，浮丘石亦有葛洪丹井，故称。11. 虹霞之洞：指白云山上的玉虹洞和飞霞洞。12. 日月之泉：广州的两口古泉，在今番禺蔡边一村螺山岗。13. 香浦：亦作"沉香浦"，在广州市西郊江滨。相传晋广州刺史吴隐之曾投沉香于其中，因而得名。14. 谶（chèn）：预言。15. 菖蒲九节而成仙：指白云山蒲涧多菖蒲，传说是仙人安期生修炼得道处。北魏郦道元《水经注·伊水》载，"石上菖蒲，一寸九节，为药最妙，服久化仙"。

其下则玄宫别馆，燕射[1]之所，紫燕衔巢，黄鹂学语。成蹊桃李之花，四照木棉之树，皆足以娱心悦目，飞觞啸侣。倚前楹而寄傲，极远睇而延伫。

其南则梯航[2]万里，重译百蛮。潮光似火，蜃气为阛[3]。化鲲化鹏之地，大虎小虎之山[4]。守中固外，遏盗防奸，固东南之障塞，而华夏之重关也。

其西则灵洲[5]郁水[6]，盛气所萃。寻峡[7]石门，楼船所会[8]。铜柱[9]高标，薏苡为虿[10]。酌水盟心，贪泉何害？凡此者，其成可师，而其败足戒也。

---

1. 燕射：泛指宴饮作乐。2. 梯航：指水陆交通。3. 阛（huán）：环绕市区的墙，借指市区。此处意谓海市蜃楼犹如真实的城市。4. 大虎小虎之山：指珠江口的大虎山、小虎山，旧曾设炮台拱卫海防。5. 灵洲：灵洲山，在今广东佛山市南海区里水镇瑶头村。《新唐书·地理志》载，“有灵洲山，在郁水中”。6. 郁水：西江。7. 寻峡：又名观峡山、中宿山、峡山。在今广东清远市东。8. 楼船所会：《史记·南越列传》载，“元鼎六年冬，楼船将军将精卒先陷寻陕，破石门”。寻陕即寻峡。9. 铜柱：作为边界标志的铜制界桩。10. 薏苡（yǐ）为虿（chài）：薏苡，一种多年生草本植物，其果实即今之薏米。虿，蛇、蝎类毒虫的古称。薏米变成毒药，此句意谓蒙受冤屈。《后汉书·马援传》载，“援在交阯，常饵薏苡实，用能轻身省欲，以胜瘴气”，后班师回朝，带回一车薏苡果实，马援死后，有人诬告他带回了“明珠文犀”，马援妻儿受到牵连。后因称“薏苡之谤”。

其东则扶胥之口[1]，黄木之湾[2]，韩碑[3]千载，照耀其间。罗浮四百[4]，来自三山[5]，著书抱璞[6]，偕隐不还[7]。斯又作者之楷模，而文士之金丹也。

其北则连冈叠嶂，直走雄州[8]。湟溪横浦[9]，密迩上游。赵乘楚汉之斗[10]，陈报萧梁之仇[11]，提师移檄，此道

---

1. 扶胥之口：扶胥港，古代广州港口，位于广州市黄埔区庙头村西。语出韩愈《南海神广利王庙碑》："因其故庙，易而新之，在今广州治之东南海道八十里，扶胥之口，黄木之湾。"2. 黄木之湾：黄木湾，古代广州港口，位于广州市黄埔区庙头村西。3. 韩碑：指韩愈《南海神广利王庙碑》。4. 罗浮四百：罗浮山，在广东惠州市博罗县西北境内东江之滨，由罗山和浮山组成，有大小山峰432座，常称罗浮四百峰。5. 三山：蓬莱、方丈、瀛洲三神山，传说罗浮山的浮山是从蓬莱浮海而至。6. 抱璞：保持璞玉本色，不为爵禄所惑。指葛洪隐居罗浮山，著《抱朴子》。7. 偕隐不还：一同归隐，不回世俗仕途。葛洪归隐前，本是赴任勾漏令，被广州刺史邓岳挽留，葛洪于是携子侄归隐于罗浮山炼丹。参《晋书·葛洪传》。8. 雄州：五代南汉时置，辖境相当今广东南雄市、始兴县。9. 湟溪横浦：湟溪关、横浦关，与阳山关并称秦汉时期岭南与岭北交通线上的三大关隘。《史记·南越列传》载，南海尉任嚣将病死，龙川令赵佗"移檄告横浦、阳山、湟溪关曰：'盗兵且至，急绝道聚兵自守！'"。10. 赵乘楚汉之斗：指赵佗趁着秦末楚（项羽）汉（刘邦）相争，封锁南北要道，自立为南越王。参《史记·南越列传》。11. 陈报萧梁之仇：指梁武帝萧衍被叛将侯景围困而饿死宫中，陈霸先（后之陈武帝）为萧衍报仇，自粤北始兴起兵北上，平定了侯景之乱。参《陈书·高祖本纪》。

是由。或一方以左纛，或半壁而垂旒[1]。虽无关于运会，亦考古者所亟讲求也。

盖以地穷于北郊，水极于南天，无人事以补之，不足以镇服其山川。是峨峨然据高而临下者，犹人之有弁冕[2]焉，示有尊也。以五行而言，中峰为金，而外多水，惧其泄[3]而生气[4]不全，故取形之方而数之五[5]。以土[6]济之，犹人之有父母焉，示有亲也。尊亲之戴，入于人人，故当板荡[7]之际，尤多忠荩[8]之臣。而逆节[9]之萌，不旋踵而归于扑灭也。建斯楼者，其知几之神乎[10]。

仆早闻诗于趋庭[11]，少遭家之不造[12]。昔捧杖[13]以

---

1. 垂旒（liú）：古代帝王贵族冠冕前后的装饰，以丝绳系玉串而成。此处指称帝。2. 弁（biàn）冕（miǎn）：指礼帽。弁、冕皆古代男子冠名，吉礼之服用冕，常礼之服用弁。3. 泄：外泄。指五行观念中金生水，南越东南被海包围，故易外泄，需建五行齐备的镇海楼以镇服之。4. 生气：使万物生长发育之气。5. 形之方而数之五：镇海楼为长方形五层楼结构。6. 土：五行观念中土克水。7. 板荡：《板》《荡》都是《诗经·大雅》中讥刺周厉王无道而导致社会动乱的作品。后因以指政局混乱或社会动荡。8. 忠荩（jìn）：忠诚。9. 逆节：叛逆。10. 知几之神乎：谓有预见，能看出事物发生变化的隐微征兆。语出《易经·系辞下》："知几其神乎？君子上交不谄，下交不渎，其知几乎？几者，动之微，吉之先见者也。"11. 趋庭：典出《论语·季氏》孔鲤趋庭，孔子教以诗礼。后以"趋庭"谓子承父教。12. 不造：不幸。1646年，清军攻陷广州，除陈恭尹外，全家遇难。13. 捧杖：捧着手杖，对父辈、尊长的陪侍礼仪。

同登，今荷锄而终老。作赋远惭于仲宣[1]，献图[2]已后于文考[3]。承群公之见命，聊牵率而属草。士衡[4]用以覆瓿[5]，平子[6]宜其绝倒[7]。信白雪之寡酬[8]，附青云而不朽[9]。

选自《独漉堂集》，中山大学出版社，1988年版

---

1. 仲宣：王粲，字仲宣，汉末三国著名文学家，有名作《登楼赋》等。2. 献图：应指在赋中描摹图画，王延寿《鲁灵光殿赋》曾描摹灵光殿的图画丹青。3. 文考：王延寿，字文考，东汉著名文学家。4. 士衡：陆机，字士衡，晋代著名文学家，有名作《文赋》等。5. 覆瓿（bù）：盖在瓮上，形容文章、著作毫无价值。6. 平子：张衡，字平子，东汉著名文学家，有名作《二京赋》等。7. 绝倒：大笑不能自持。8. 寡酬：很少有人欣赏。9. 青云而不朽：青云之士，指同登楼之诸人。意指依附于诸人之作而一同不朽，谦辞。

#《黄花岗烈士事略》序

——孙文

1911年4月27日，经过五个月的准备，同盟会在广州起义，由于清军事先闻讯，已有准备，革命党人寡不敌众，最终失败，战斗中牺牲了八十多人，其中有喻培伦、方声洞、林觉民等烈士，事后收得烈士尸骸七十二具，合葬于广州市西北郊的黄花岗，后人称他们为黄花岗七十二烈士。1919年，邹鲁搜集烈士遗事，编成《黄花岗烈士事略》一书，请孙中山作序，孙中山先生就写下了这篇序文。（编者注）

作者介绍

孙文（1866—1925），即孙中山，字德明，号日新，改号逸仙，广东香山（今中山）人。中国民主革命先行者。1894年发起成立兴中会。1905年创建中国同盟会，提出三民主义学说，多次发动反清武装起义。1912年1月1日就任中华民国临时大总统，创立了中国历史上第一个共和政体。此后，孙中山一直致力于捍卫革命的胜利果实，与反动势力做斗争。1924年1月主持召开中国国民党第一次全国代表大会，通过宣言，把旧三民主义发展为新三民主义，实行“联俄、联共、扶助农工”三大政策。1925年病逝于北京。遗著编有《孙中山选集》《孙中山全集》《孙文选集》等。

满清末造，革命党人历艰难险巇[1]，以坚毅不挠之精神，与民贼相搏，踬踣[2]者屡，死事之惨，以辛亥三月二十九日围攻两广督署之役为最，吾党菁华，付之一炬，其损失可谓大矣。然是役也，碧血横飞，浩气四塞，草木为之含悲，风云因而变色，全国久蛰之人心，乃大兴奋，怨愤所积，如怒涛排壑，不可遏抑，不半载而武昌之大革命以成，则斯役之价值，直可惊天地、泣鬼神，与武昌革命之役并寿。

顾自民国肇造[3]，变乱纷乘，黄花岗上一坏〔抔〕土，犹湮没于荒烟蔓草间。延至七年，始有墓碣之建修，十年始有事略之编纂；而七十二烈士者，又或有纪载而语焉不详，或仅存姓名而无事迹，甚者且姓名不可考，如史载田横事，虽以史迁之善传游侠，亦不能为五百人立传，滋可痛已！

邹君海滨以所辑《黄花岗烈士事略》丐[4]序于予。时予方以讨贼督师桂林，环顾国内，贼氛方炽，杌陧[5]之象，视清季有加；而予三十年前所主唱之三民主义、五权宪法为诸先烈所不惜牺牲生命以争者，其不获实行也如故，则予此行所负之责任，尤倍重于三十年前。倘国人皆以诸先

1. 险巇（xì）：形容山路危险，泛指道路艰难。2. 踬踣（zhìbó）：跌倒。比喻事情不顺利，失败。3. 肇（zhào）造：始建。4. 丐：索求。5. 杌陧（wùwù）：指动荡不安的时势。

烈之牺牲精神为国奋斗，助予完成此重大之责任，实现吾人理想之真正中华民国，则此一部开国血史，可传世而不朽；否则不能继述先烈遗志且光大之，而徒感慨于其遗事，斯诚后死者之羞也。

余为斯序，既痛逝者，并以为国人之读兹编者勖[1]。

选自《孙中山全集》，中华书局，2011 年版

1. 勖（xù）：勉励。

广州随笔

陈残云

“我盼望我们的后代，把那旧恨作为促进我们振兴中华、创造幸福生活的力量。我在文化公园的漫步中，追怀过去，向往未来，我愿意和年轻一代一起，朝着美好的世界前进。”

作者介绍

陈残云（1914—2002），广州人。历任广东省文联副主席、广东省作协主席等职。著有电影文学剧本《珠江泪》《羊城暗哨》，长篇小说《香飘四季》《山谷风烟》《热带惊涛录》，中篇小说《风砂的城》《山村的早晨》《深圳河畔》，散文集《珠江岸边》《异国乡情》《南大门风光》等。

• 一

广州的财政厅前，即中山路和北京路的十字路口之间，从来是一段繁盛而喧闹的地段，它有规模较大的百货公司，有高级的服装店，有著名的餐馆、冰室，有书店、文具店、杂货店和食品店等等。在这里，可以看见南方都市的特色，看见市民的生活风貌。

但在十年灾难中，它骤然出现了一种恐怖而冷清的情景。起初是铺天盖地的挑拨性的大字报，封住了商店的橱窗；接着是手执棍子的人群，一群一群地在游行，在疯狂地呼喊着吓人的口号；后来，街头上挂起了无名者的尸体，把手执棍子的“英雄”都吓跑了，露出了恐惧的状况。两年之后，混乱不堪的社会，似乎恢复了平静，“最最革命”的掌印者却把城市看作是资产阶级的安乐窝，叫喊着要让广州的服务行业搬到农村去“为农民服务”。于是理发店搬去了，饭馆搬去了，服装店搬去了，连北京路口装饰辉煌的丝绸公司也搬去了，好像农民们真的过上了富裕的共产主义生活，都爱穿绸子衣服上馆子似的。有些店铺一时搬不走，就改作别的用场，例如广大路一家清洁雅致的专吃豆皮的馆子，就改为卖煤店，改得十分彻底。繁华的街道，大都成了机关宿舍，处处冷冷清清。有人说，如果“四人帮”寿命拖长几年，东方宾馆也将要改为“三鸟场”，正如当时中山大学的翠绿草坪改作红薯地一样。

粉碎了“四人帮”，许多伤天害理的事，一些人愚蠢可笑的行为，都成了人们痛苦的记忆。我们的社会，逐渐恢复了常态。广州，和别的城市一样，在十一届三中全会的正确方针指引下，不仅恢复了常态，而且显现了令人欣悦的新姿。财政厅前的十字路口，架上了天桥，桥下的电车、公共汽车、旅行车、小轿车、吉普车，川流不息而又秩序井然地飞驰而过。街道两旁的铺户，已不是关上门窗的宿舍，而是装潢华丽、色彩各异的商店。从百货公司、食品公司以及各种商场的橱窗的精致摆设，反映出物资生活的日益丰富，产品质量的日益提高和发展。

马路两旁的人行道上，经常挤满了行人。从早上9时到晚上9时，都是闹哄哄的。港澳回来探亲的旅客、华侨、外国的旅游者、国内各省来公干或探亲访友的人们，都和广州的居民一起走着。许多人的脸上都带着温和的笑意，似乎挤得很愉快。这显示出繁荣、安定、色彩缤纷的广州街头，出现了一幅令人喜悦的图景。

• 二

从北京路往南行，走不远，又有一道新建的天桥。走过天桥，拐进一条狭窄的小街，又看见一番新鲜的景象。这不足一华里的狭长的小街，早已是闻名遐迩的，它的名字叫高第街，又称大姑街、女人街（因为专卖女人的生活用品而得名）。这里面有一条横街叫“许地”，是许广平大姐破落了的祖居，鲁迅先生的著述中有过探访高第街的记录。这条颇具特色的小街，在“文革”中被粗暴地改换了名字，改为群众街，随之而来的是衰落、关门闭户，商店剩下没几间，冷冷清清，群众也望而止步了。

现在，高第街的名字，又引起人们的兴趣，被广泛地传播着。常常有外省来的朋友向我探问：“高第街在哪里？”探问它的目的，就因为它是一个热闹的群众化的市场，人们可以随意挑选自己喜爱的衣物，而不会遭受售货员的冷眼和叱喝。这里面，街道的两边，摆满了个体户的摊档，主要是售卖时新的衣服，有香港进口的，有出口转内销的，有广州和上海制造的；男女皮夹克、大人小孩的宇航衣、西装、衣裙、涤纶毛料、涤纶内衣，五花八门，各式各样。一个摊档连着一个摊档，各自张起了遮阳的塑料篷帐，不怕日晒雨淋。

除售卖衣物外，还有各种生活用品，如两节的缩骨伞、尼龙女袜、塑料花、录音带、瓷器和杂七杂八的杂物，有些百货公司买不到的东西，常会在此找到。物品的价钱比商店稍为便宜，也不会“漫天开价”，一般是按照明价打个九折，如缩骨女花伞，明价是 10.5 元，约 9 元半便可以买到。有些没有固定摊档的小贩，常常以假冒真，买者容易上当受骗，特别是不懂粤语的人。

高第街的顾客，主要是外省和省内四乡来的旅客，广州的顾客并不多，原因是那些所谓时新衣服，往往是过了时的，引不起广州年轻人的兴趣。例如T恤、宇航衣，那都是两年前的时兴货。虽然如此，人们倒喜欢到那里挤一挤，看一看，凑个热闹。如果真要买一件价廉物美的外套，每个摊档都细察一番，精心地挑选一下，总得花上半天时间，才能称心如意。

这条小街有自己的特色，越来越热闹，值得人们去巡察一遍。它吸收了许多待业人员，助长了市场的活跃，方便了群众，使城市生活趋于繁荣安定。

• 三

广州的小食档，同样吸收了许多待业人员，同样方便了群众。“吃饭难”的声音听不见了，站在别的顾客背后等候座位的尴尬情景看不见了，前来广州公干的旅客们，不愁吃不上东西了。

许多街头都有“煲仔饭”。外省来的客人不知道什么叫“煲仔饭”，吃一次就懂了，既方便，又卫生，饭热菜香。当中有排骨饭、腊味饭、牛肉饭、滑肉饭等等，每煲三两大米，加进调了味的肉，随到随煮，三两大米填不饱肚子，可以“加底”，即多加二两大米。这是价廉味美的大众化食谱，在广州具有悠久历史。20世纪30年代，西濠口有一间著名的六国饭店，就是以“煲仔饭”而闻名。今天的街头“煲仔饭”，虽没有六国饭店那样的水平，却也值得远地而来的客人尝一尝。

小摊档的拉肠粉，也是应时而来的精彩食品。所谓拉肠粉，就是用磨碎的大米粉调成稀浆，加些肉片或鱼片，蒸熟以后卷成猪肠的样子，因而简称为肠粉。它是一种又滑又香的早点，通常是茶楼里的点心之一，过去在街头上不容易吃到。现在，由于个体户增多，可以满足人们的食欲，随处吃得到，吃上两碟，还可作为一顿适意的正餐。

在严寒的冬天里，最逗引人的是“开煲狗肉”。在街头的小桌上，摆着一个小炉子，煮着一煲香喷喷的狗肉，几个人围炉喝酒，边吃边喝，别有一番风味。广州的市民们，把吃狗肉看作是一件难得的乐事。虽然狗肉的价钱很贵，一斤相当于两斤猪肉的价格，却也以大吃一顿为快。大寒天，街头的狗肉档特别拥挤。

随着市场的日趋兴旺，街头的小摊档不断增加，卖白粥油条的、卖牛腩河粉的、卖腊味糯米饭的、卖云吞面的、卖肉粥炒粉的、煎萝卜糕的、炒田螺的、包裹蒸粽的、烧烤鹅鸭和乳猪的、卖白切鸡的，应有尽有，几乎是要吃什么有什么，不管是码头车站，还是横街窄巷，都能吃得到。人们说“吃在广州”，真是名不虚传。

我很喜欢这种小吃，许多人都喜欢这种小吃，它丰富了普通人的生活内容，增添了人们的生活情趣。我希望排着长队吃一碗面条的日子，在馆子里像打架一样吃一顿粗饭的日子，成为历史的陈迹。让人们更勤奋、更顺心地创造美好的生活。

· 四

温暖如春的南国冬天，繁花盛放。

夜晚，银光闪闪、气息清新的文化公园，吸引着许多游人。孩子们喜欢去乘坐旋转木马，少年们喜欢去乘坐电动飞机，青年们喜欢去溜雪屐，老年人喜欢到劳动剧场看粤剧。有人爱看露天剧场的杂技，有人爱看广场上的歌舞，有人爱看露天电影，有人爱看彩色电视，有人爱看篮球比赛，有人爱看棋坛上杨官璘、胡荣华、柳大华的“三王争霸”。各有各的爱好，各有各的去处，怪不得文化公园里每晚都挤满了人。

名为文化公园，自然具有浓厚的文化气味，除了娱乐之外，还有许多展览，全国性和地方性的画展、书法展、科技展，以及卫生、治安等各种展览，连续不断。花一角钱的门票，就使人获得了知识，开阔了眼界，真称得上是一个高尚的群众性的优美场所。当中有一个“园中院”，是一个园林式的幽静雅致的茶座。这里舒适幽静，在喧嚣嘈杂的大城市中，这倒是朋友们谈心的良好场所。特别是一些年轻的爱侣，对它十分留恋。

整个公园，显示出宁静愉快的气氛，人们的色泽各异的衣装，欢乐的面容，都和时代的变化、改善了的生活紧紧相连。人们说，走进文化公园，就在一定程度上看到了广州市民的生活情调和心情。是的，它不仅反映了广州市民的心情，而且反映了珠江三角洲农民的心情，因为游人中不少是从那里来的。

在欢乐的游客中，谁也没有想到，这公园实际是一块充满眼泪、充满屈辱的纪念性场地。40多年前，这里全是楼房耸立的繁华市区，罪恶的日寇炸弹，在大轰炸中把它夷为瓦砾，无数善良的兄弟姊妹被葬身于瓦砾场。这坟墓一样的废墟，直至解放了，人民当了家，作了主，才把它清理、美化，建立了新式的公园。老一辈广州居民都忘不了那一桩旧恨。我盼望我们的后代，把那旧恨作为促进我们振兴中华、创造幸福生活的力量。我在文化公园的漫步中，追怀过去，向往未来，我愿意和年轻一代一起，朝着美好的世界前进。

选自《滨海情》，花城出版社，1991年版

荔湾·鸡扒·艇仔粥

黄天骥

“从在荔枝湾头吃‘艇仔粥’，到在荔湾湖畔吃‘鸡扒’，我意在访‘旧’，想不到从视觉和味觉中作焙了‘新’。在夜色中，我走出荔湾湖。从高架路上望去，万家灯火，熠熠生辉，也把我怀旧的心，照得通亮。”

作者介绍

黄天骥（1935— ），广东新会人。中山大学中文系教授，国家古籍整理出版规划小组成员。从事中国文学史和戏曲史研究。著有《黄天骥文集》十五卷及《岭南师友》等。

假日，忽动“怀旧”之兴。我出生在广州西关，便往荔湾区的方向走。荔湾区，得名于这里原有的一条小河“荔枝湾”。过去，河湾里的荔枝树丛丛簇簇，水面上的花舫儿悠悠晃晃，有人低斟浅唱，有人荡起双桨，颇有点南京秦淮河的风韵。小时候，我曾在荔枝湾上划船，吃过艇家煮的“艇仔粥”。到上世纪中叶，荔枝湾湮灭了。后来人们在其原址附近，挖筑了“荔湾湖”，如今成了荔湾区命名的标记。我久不到西关，荔湾湖便为“访旧”的支点。

放眼望去，一镜平湖，水光荡漾。荔湾湖畔也种着荔枝树，掩映着亭台楼阁。我到过济南的大明湖，荔湾湖虽不及它的古雅，却透露着清新的现代气息。漫步湖边，记忆中荔枝湾的小桥流水，和眼前的潋滟湖光，在脑海里形成了奇妙的叠印。走累了，饥肠辘辘，我想起了艇仔粥。湖边就有一餐厅。谁知这里并不售粥，墙上倒写着“鸡扒大王”四个大字。既来之，则安之。我就吃鸡扒也罢！我吃过扒鸡、扒鸭。扒者，烩也，属粤菜烹调之法。至于鸡扒，则是西方菜式。我到过国外访问，自然尝过鸡扒，这里以“大王”自命，莫非有过人之处？等到侍者捧来鸡扒，浓香扑鼻；细品之下，甘嫩鲜美，发觉它在洋味中又兼粤味，我大快朵颐，心满意足。

记得荔枝湾头的艇仔粥，是把柴鱼、猪骨熬成粥底，再加上海蜇皮、炒花生、鲜鱼片之类。艇家们把滚烫烫的液质和脆生生的固体，汇于一炉，竟成了广州人饮食的品牌。荔湾湖的鸡扒，样式来自西方，味道又不尽似西方。我颇感兴趣，仔细一问，原来洋人在煎肉后才加的佐料，这里则是把鸡肉腌制后再行煎。手法略有不同，味道便发生了质的变化，使鸡扒出现中西结合的特色。如果说，荔枝湾头的“艇仔粥”，能把不相属的东西，匪夷所思地结合成和谐的统一体，那么，荔湾湖的鸡扒，能把西方传统食谱拿过来改造翻新。当然历史条件不同，现代的广州人和境外接触颇多，口味也发生变化。荔湾湖的鸡扒制作，钻研西方烹调精粹，根据自身的审美情趣加以改造，多少体现出时代变化的讯息。

沧海桑田，荔枝湾不复存在，这未免可惜。不过，广州人珍视传统，抹不去对水光荔影的记忆，便蓄水成湖，让婆娑的荔枝树，依然可以摇曳照影，让黄童白叟，依然可以泛舟水面。现在，人们摄取水乡特色，把一缕溪流，化为一片湖光。少了几分俗艳，多了一番俊朗，这一来，荔枝湾改为荔湾湖，未尝不是好事。

从在荔枝湾头吃“艇仔粥”，到在荔湾湖畔吃“鸡扒”，我意在访“旧”，想不到从视觉和味觉中作焙了“新”。在夜色中，我走出荔湾湖。从高架路上望去，万家灯火，熠熠生辉，也把我怀旧的心，照得通亮。

选自《羊城晚报》2003年12月30日

广州赋

刘斯奋

《广州赋》是著名作家、书画家刘斯奋于2007年应邀为《光明日报》策划的《百城赋》所创作的作品。该赋以广州人务实、兼容、开放、进取的精神为经，以广州城两千年的沧桑变迁为纬，运用突出重点、摒弃烦琐、雅俗共赏的写作手法，对历史名城广州的人文风貌做了集中展示，并浓墨重彩地铺写了改革开放以来广州社会的划时代巨大进步，是一篇声情并茂、文采斐然的作品。（编者注）

作者介绍

刘斯奋（1944— ），广东中山人。历任广东省文联主席、广东画院院长等职。2015年被授予第二届广东文艺终身成就奖。长篇历史小说《白门柳》获第四届茅盾文学奖。编著有《陈寅恪晚年诗文及其他》《苏曼殊诗笺注》《周邦彦词选》《姜夔张炎词选》《唐宋诗词彩图辞典》等。

古之楚庭，今号穗城，二千年之华夏名都，广州居岭表而峥嵘。地滨南海，秦皇一统宇内而开郡；中原逐鹿，赵佗割据百越以称雄。其后九州复合，梅岭路通。移民土著，交往频密；南北文化，汇聚相融。遂使勃勃生机，涌动于炎方热土；蓬蓬活力，创业于往古来今。

广州之形胜也，云山重叠障其北，珠水浩荡襟其南，水阔则盛产鱼鳖虾蟹，山深则广栖走兽飞禽。于是百姓来集，以渔以猎；炎风播雨，宜牧宜耕。所喜民情务实而进取，俗尚节俭而劬勤，衣食渐给，生齿日增。遂有跨羊五仙，持穗来降，祝愿此区，永无饥荒。广州之民也，乃奋鹰扬之远志，发独出之遐想，因其地利，业兼农商。更揽大海于怀抱，趁风举而帆扬，输瓷器丝绸于外域，采特产奇货于异邦，开跨海贸易之先河，握致富金钥而自强。于是南洋商贾，亦闻风随至。一时黄木湾头，帆樯云集；波罗庙内，香火熙攘。奇装异服穿梭闹市，嘲哳[1]话语声动蕃坊[2]。又有花市龙船，蛋歌飘色，摇神夺目，溢彩流光。宝玉易求，岑参诗篇称艳[3]；荔枝美味，东坡嗜之如狂。主人宾客，饮馔游赏，其

1. 嘲哳（zhā）：出自白居易《琵琶行》中的“呕哑嘲哳难为听”。2. 蕃坊：亦称“蕃巷”。唐宋时外商在中国聚居的场所。唐宋时于广州设“市舶司”，作为外贸管理机构，又在今广州市光塔路一带设“蕃坊”，供外国商客居住。3. 岑参诗篇称艳：出自岑参《送杨瑗尉南海》中“海暗三山雨，花明五岭春。此乡多宝玉，慎莫厌清贫”。

乐未央。若夫教化文明，亦蒸蒸日上。显宦大儒，光照青史；诗文书画，岭外名彰。更有达摩西来传法，于此登岸；六祖禅机深悟，开宗发扬。此自唐至清之事也，其间虽有南汉荒政，明末兵火，一旦疮痍洗净，仍是富庶之乡。

及至虎门销烟，史开近代。文明较量，骇浪惊涛。西来列强，船坚炮利；老大帝国，风雨飘摇。当此之时也，广州士民，危机先觉，奋起救亡，上下求索。前则鸦片战争，戊戌变法；后则辛亥革命，国共合作。更有广州起义一声惊雷，尽显英雄气魄。至于不甘落后，追赶潮流，西方文明，率先吸收；远赴海外，孜孜营求，实业兴国，未雨绸缪。此又广州人之所以为广州人也。

于是乎，历百年沧桑，东亚之睡龙复醒；尽驱豺虎，人民之共和国成。神州再造，曾经几番曲折；改革开放，一朝石破天惊。广州之民，遇亘古未有之良机，负披荆斩棘之使命，倚得天独厚之地利，持务实求真之秉性，义无返顾，奋身先行。三十年间，经济腾飞，社会巨变，奇迹屡创，鹏举青冥。

广州今之为城也，有十区之设，二市之辖[1]。南抵海

1. 有十区之设，二市之辖：2007 年广州市十区为越秀、荔湾、番禺、天河、白云、海珠、黄埔、萝岗、南沙、花都，所辖二市为从化、增城。2014 年，广州行政区划发生调整，黄埔、萝岗合并为新的黄埔区，从化、增城“撤市设区”，由原“十区二市”变为“十一区”的格局。

角，北接韶关，东邻惠州、东莞，西则清远、佛山。若夫凌高天而四顾，但见人居稠密，绵延何止百里；机场如砥，起落无数航班；厂房棋布，多是高新科技；巨舶排岸，货箱屯积如山。更有明湖开镜，绿树连云。丽日临空，灿比珠玉；华灯彻夜，光夺星辰。气象之繁华，观瞻之雄壮，信其为岭南首府无让矣！

广州今之居人也，常住者七百万，流动者五百万。籍贯则四海五湖环球万国，行业则文体科卫工商士农。或身挟长技，或坐拥财雄，或穷则思变，或梦想登峰。风从云聚，步履匆匆。藉广州之舞台，施展拳脚；视羊城为福地，跃虎腾龙。得固欣然，挫亦不馁，期以不懈奋斗，博取万一成功。

广州今之市面也，凌霄新筑，望衡接宇；八达通衢，入地盘空。滚滚车流如回翔雁阵，夜以继日；熠熠商场似琼楼玉宇，生意兴隆。琴棋书画，活跃社区文化；舞衫歌扇，繁荣艺术之宫。酒楼食肆遍于街巷，通宵达旦，无愧食在广州之美誉；姹紫嫣红百卉竞秀，四季不殊，尽显花城南国之情浓。若夫佳日闲暇，泛舟珠江，放眼处处木棉挺立，老榕低亚。兀兀长堤石凳，闪闪碧水晴空，昵昵红男绿女，嬉嬉白叟黄童。广州开埠至此，信知先人之血汗不负，人间之乐土可期矣！

祝曰：政府施政以人为本，社情民意在在关心，环保治安双管齐下，社会和谐共享太平。

选自《光明日报》2007年4月23日

广州塔赋

雍平

“楚目舒迟，览山川之胜状。蛮腰绰约，立城郭之高标。玉带横沙，金琶浮水。嘉木流丹，秾华映翠。万舶连樯，渺渺烟涛入揽。一轮悬塔，茫茫珠石登寻。”

作者介绍

雍平 (1959 —)，祖籍广东兴宁。擅古文辞，通诗律，工书法。著有学术专著《古学发微四种》《小学引端》《商王事迹契考》《经史纠擿》，文学作品《广州塔赋》《韶阳楼记》《风度阁序》《右溪诗词钞》等。

秦开故郡，越据雄藩。地穷涨海，天极浮山。踞三江之门户，延五岭之疆舆。仙迹芒芒，南武造端阛阓。佗功烈烈，任嚣经始番禺。历沧桑而岁远，迁物象而日殊。

楚目舒迟，览山川之胜状。蛮腰绰约，立城郭之高标。玉带横沙，金琶浮水。嘉木流丹，秾[1]华映翠。万舶连樯，渺渺烟涛入揽。一轮悬塔，茫茫珠石登寻。秋色空明，泛平潭之桂影。春光韶丽，凝环渚之花荫。楼林崛岉[2]，衢路参差。衣冠云集，车轸风驰。

白云腾鹤，碧浪浮鹅。樵歌荡霭，渔唱惊波。津桥迢递，访湾洄之琼苑。冈榭寂寥，觅岑岭之瑶台。风浴重亲，花港尚馀云桂。霜操独守，桃溪犹忆雪梅。行持清节，迹踵沉香之浦。坐抱渊怀，景怜拾翠之洲。泼霞乍染，遥想红云宴集。霁月初临，闲追碧水吟酬。王勃鸿文，灿若龙光射斗。元章健笔，宕如虎势奔霆。铜琶响而笠屐过，木铎振而鼓钟鸣。藻耀天南，五子斐斐采丽。韵流峤[3]外，三家卓卓声雄。丹井氤氲，曾止浮邱之躅。泥城缥缈，宁忘陆贾之功。星移骥逐，风厉龙骧。越麓堂高，揭地人开史乘。禺陬阙壮，掀天世起苍黄。

呜呼！鉴往思来，驰云心而抚慨。登高致远，立风骨以标鸣。得一时之兴会，留千古之文章。陈榻高悬，韬笔

1. 秾（nóng）：花木茂盛。2. 崛岉（juéwù）：高耸貌。3. 峤（jiào）：山道。

益增铭篆。沈辕久驻，负书尤叹于轩。夙期山水，愍[1]知音之难逢。晚惜桑榆，感垂景之易逝。

且夫时序推移，和六气而交泰。春秋更迭，协三光以昭华。趁花朝而畅叙，待菊节以清游。放达之间，看云烟之历历。凭临之际，念天地之悠悠。

呜呼！浩气凌虚，志士岂潜于世。高情耸壑，才人莫负于时。

本文写于 2017 年

---

1. 愍（mǐn）：同“悯”，忧愁。

羊城鸿影录：广州名人记述

报文帝书

赵佗

赵佗秦时为南海郡龙川县令，南海尉任嚣临终托付赵佗代行南海尉的职务。秦亡，赵佗自立为“南越武王”。汉朝建立，高祖刘邦派陆贾到岭南，册封赵佗为“南越王”。吕后当政时，汉朝与南越关系恶化，赵佗称帝，并发兵侵扰汉朝南疆。……汉文帝即位后，派陆贾再次到岭南，责备赵佗背信弃义。《报文帝书》就是赵佗给汉文帝的回信，信中解释了自己称帝及征伐长沙的原因，表示愿意撤去帝号，永远向汉皇称臣。（《岭南历代文选》）

作者介绍

赵佗（？—前137），西汉初真定（今河北石家庄北）人。秦时为南海郡龙川县令，后为南海尉。秦末大乱时，赵佗兼并桂林和象郡，建立南越国。赵佗实施“和辑百越”政策，引入中原农耕技术与先进文化，使得荒蛮岭南地区进入农耕文明时代。汉高祖时受封为南越王。吕后时，自称南越武帝，发兵攻长沙边邑。景帝时归附于汉。

蛮夷大长老夫臣佗昧死再拜上书皇帝陛下：老夫故粤吏也，高皇帝[1]幸赐臣佗玺，以为南粤王[2]，使为外臣，时内贡职。孝惠皇帝[3]即位，义不忍绝，所以赐老夫者厚甚。

高后[4]自临用事，近细士，信谗臣，别异蛮夷，出令曰："毋予蛮夷外粤金铁田器；马牛羊即予，予牡[5]，毋与牝[6]。"老夫处辟，马牛羊齿已长，自以祭祀不修，有死罪，使内史藩、中尉高、御史平凡三辈上书谢过，皆不反。又风闻老夫父母坟墓已坏削，兄弟宗族已诛论。吏相与议曰："今内不得振于汉，外亡以自高异。"故更号为帝，自帝其国，非敢有害于天下也。高皇后闻之大怒，削去南粤之籍，使使不通。老夫窃疑长沙王谗臣，故敢发兵以伐其边。且南方卑湿，蛮夷中西有西瓯，其众半羸，南面称王；东有闽粤，其众数千人，亦称王；西北有长沙，其半蛮夷，亦称王。老夫故敢妄窃帝号，聊以自娱。

老夫身定百邑之地，东西南北数千万里，带甲百万有余，然北面而臣事汉，何也？不敢背先人之故。老夫处粤四十九年，于今抱孙焉。然夙兴夜寐，寝不安席，食不甘味，目不视靡曼之色，耳不听钟鼓之音者，以不得事

---

1. 高皇帝：指汉高祖刘邦。2. 南粤王：《史记》中作"南越王"。3. 孝惠皇帝：指汉惠帝刘盈。4. 高后：指汉高祖的皇后吕雉。5. 牡：雄性的鸟兽。6. 牝（pìn）：雌性的鸟兽。

汉也。今陛下幸哀怜，复故号，通使汉如故，老夫死骨不腐，改号不敢为帝矣！谨北面因使者献白璧一双，翠鸟千，犀角十，紫贝五百，桂蠹一器，生翠四十双，孔雀二双。昧死再拜，以闻皇帝陛下。

选自《汉书》，中华书局，1962年版

“时南海属交趾部，刺史夏则巡行封部，冬则还奏天府，举刺不法。其后竞事珍献，孚乃枚举物性灵悟，指为异品以讽切之，著为《南裔异物志》。”

杨孚传

欧大任

作者介绍

欧大任（1516—1595），字桢伯，号仑山，广东顺德陈村（今广东佛山顺德）人。师从泰泉先生黄佐，与李先芳、俞允文、卢柟、吴维岳被称为“广五子”。历任大理寺左评事、南京工部屯田司主事等职。明万历十二年（1584），告老乞休，归乡建清朗阁藏书，从此著书立说终老。著有《百越先贤志》《广陵十先生传》等。其诗文有后人汇编为《欧虞部诗文全集》行世。

杨孚[1]，字孝元，南海人。章帝朝，举贤良，对策上第，拜议郎。和帝即位，用兵匈奴。孚奏言："创造[2]用武，守业尚文。故周胜殷则有载戢干戈[3]之颂。太宗息兵，尝言自胜衣冠[4]，念不及兵。先帝继述，虏来则应，未尝先伐。故孝章之谥，追配孝文。诗曰：'允文文王，克开厥后[5]。'又曰：'倬彼云汉，为章于天[6]。'二帝之谓也。愿陛下绳美祖宗，毋轻用武。"

永元十二年，旱灾，令在廷[7]议政令得失。孚曰："汉制，郡国之士，肄诵[8]《孝经》，察其志行，选举孝廉。故帝谥必称孝者，躬行化率[9]也。王莽不服母丧，天下诛之。然今时公卿大夫，罹父母忧，不得去位；而黎萌孝悌

---

1. 杨孚：字孝元，广东番禺（今广州）人，东汉章帝时任议郎。著有《南裔异物志》，该书是中国第一部地区性物产志，第一次对岭南的风物进行系统整理，提供了汉代岭南动物、植物的种类及其生长情况。史家公论杨孚是广东最早著书立说的学者，因此杨孚可谓岭南文化的开拓者。2. 创造：此指开创缔造一个新的朝代。3. 载戢（jí）干戈：出自《诗经·周颂·时迈》。将干戈（指代武器）收起来，意味着战争结束。4. 自胜衣冠：自成年以来。胜衣冠，能穿戴衣冠，古人二十而冠，意味着成年。5. 允文文王，克开厥后：出自《诗经·周颂·武》。周文王确实有文德，能为子孙后代开创基业。此处称颂孝文帝。6. 倬彼云汉，为章于天：出自《诗经·大雅·棫朴》。宽广的银河，就像是天上的文采。此处称颂孝章帝。7. 在廷：在朝者，即朝臣。8. 肄诵：学习、诵读。9. 躬行化率：身体力行作为榜样。

力田[1]，反得爵级，非所以为民表仪也。且郡邑侵渔[2]，不知纪极[3]，货赂通于上下，治道衰矣。宜诏中外臣民，均行三年通丧，而吏治必务廉平，以劝选举之士，庶几克诚小民，副承天意。”

帝从其议。诏禁有司假势行邪，其巧法析律，饰文增辞，货行于言，罪成乎手者，重罪之。赐天下男子为后者，爵二级；三老、孝悌、力田，三级；鳏寡孤独笃疾不能自存者，粟人三斛。

时南海属交趾部，刺史夏则巡行封部，冬则还奏天府[4]，举刺不法。其后竞事珍献，孚乃枚举物性灵悟，指为异品以讽切之，著为《南裔异物志》。自后，罗浮玳瑁之属日绝，时谓能通神明。

孚家江浒北岸，尝移洛阳松、柏，种植宅前，隆冬蜚雪盈树，人因目其所向为河南。或问其故，孚曰：“偶然耳。草木岂能动天哉！”后为临海太守。复著《临海水土记》。世服孚高识，不徒博雅。

选自《百越先贤志校注》，广西人民出版社，1992 年版

---

1. 黎萌孝悌力田：黎民孝敬父母，兄弟友爱，努力耕田。2. 侵渔：侵夺渔利。3. 纪极：限度。4. 天府：朝廷。

湛若水传

张廷玉 等

"若水初与守仁同讲学，后各立宗旨，守仁以致良知为宗，若水以随处体验天理为宗。守仁言若水之学为求之于外，若水亦谓守仁格物之说不可信者四。"

作者介绍

张廷玉（1672—1755），字衡臣，号研斋，安徽桐城人。大学士张英次子。清康熙三十九年（1700）进士。官至保和殿大学士、军机大臣，加太保。前后历经三朝，居官五十年。《明史》在他任纂修总裁官时告成。著有《传经堂集》。

湛若水，字元明，增城人。弘治五年举于乡，从陈献章游，不乐仕进。母命之出，乃入南京国子监。十八年会试，学士张元祯、杨廷和为考官，抚其卷曰："非白沙之徒不能为此。"置第二。赐进士，选庶吉士，授翰林院编修。时王守仁在吏部讲学，若水与相应和。寻丁母忧[1]，庐墓[2]三年。筑西樵讲舍，士子来学者，先令习礼，然后听讲。

嘉靖初，入朝，上经筵[3]讲学疏，谓圣学以求仁为要。已，复上疏言："陛下初政，渐不克终[4]。左右近侍争以声色异教蛊惑上心。大臣林俊、孙交等不得守法，多自引去，可为寒心。亟请亲贤远奸，穷理讲学，以隆太平之业。"又疏言日讲不宜停止，报闻。明年进侍读，复疏言："一二年间，天变地震，山崩川涌，人饥相食，殆无虚月。夫圣人不以屯否之时而后亲贤之训，明医不以深锢之疾而废元气之剂，宜博求修明先王之道者，日侍文华，以裨圣学。"已，迁南京国子监祭酒，作《心性图说》以教士。拜礼部侍郎。仿《大学衍义补》，作《格物通》，上于朝。历南京吏、礼、兵三部尚书。南京俗尚侈靡，为定丧葬之制颁行之。老，请致仕。年九十五卒。

---

1. 丁母忧：遭逢母亲去世。2. 庐墓：古人于服丧期间在墓旁结庐而居，守坟。3. 经筵：皇帝听讲儒家经籍的地方，宋代始称经筵，置讲官以翰林学士或其他官员充任或兼任。4. 渐不克终：逐渐松懈不能坚持到底。

若水生平所至，必建书院以祀献章。年九十，犹为南京之游。过江西，安福邹守益，守仁弟子也，戒其同志曰："甘泉先生[1]来，吾辈当宪老而不乞言，慎毋轻有所论辨。"若水初与守仁同讲学，后各立宗旨，守仁以致良知为宗，若水以随处体验天理为宗。守仁言若水之学为求之于外，若水亦谓守仁格物之说不可信者四。又曰："阳明与吾言心不同。阳明所谓心，指方寸而言。吾之所谓心者，体万物而不遗者也，故以吾之说为外。"一时学者遂分王、湛之学。

湛氏门人最著者，永丰吕怀、德安何迁、婺源洪垣、归安唐枢。怀之言变化气质，迁之言知止，枢之言求真心，大约出入王、湛两家之间，而别为一义。垣则主于调停两家，而互救其失。皆不尽守师说也。怀，字汝德，南京太仆少卿。迁，字益之，南京刑部侍郎。垣，字峻之，温州府知府。枢，刑部主事，疏论李福达事，罢归，自有传。

选自《明史》，中华书局，1974 年版

1. 甘泉先生：湛若水号甘泉，人称"甘泉先生"。

邓世昌传

赵尔巽 等

“世昌乘致远，最猛鸷，与日舰吉野浪速相当，吉野，日舰之中坚也。战既酣，致远弹将罄，世昌誓死敌。将士知大势败，阵稍乱，世昌大呼曰：‘今日有死而已！然虽死而海军声威弗替，是即所以报国也！’”

作者介绍

赵尔巽（1844—1927），字公镶，号次珊，又号无补。汉军正蓝旗人。清同治十三年（1874）进士，授翰林院编修，历任安徽按察使、山西布政使、户部尚书、四川总督、东三省总督等职。辛亥革命时成立“奉天国民保安会”镇压革命党。1914年，任清史馆馆长，领衔主修《清史稿》，未及此书刊行而先卒于北京。

邓世昌[1]，字正卿，广东番禺人。少有干略[2]，尝从西人习布算术[3]。既长，入水师学堂，精测量、驾驶。光绪初，管海东云舰，徼循[4]海口。日本窥台湾，扼澎湖、基隆诸隘，补千总，调管振威舰。以捕海盗，迁守备。李鸿章治海军，高其能，调北洋。从丁汝昌赴英购铁舰，益详练海战术。八年[5]，朝鲜内乱，复从汝昌泊仁川，为吴长庆陆军后距[6]。事宁，迁游击，赐号勃勇巴图鲁。管扬威快舰，往来天津、朝鲜；冬寒冰沍[7]，巡视台、厦海防。寻充经远、致远、靖远、济远四船营务处，兼致远管带。

十四年，台湾生番畔[8]，以副将从汝昌往讨。战埤南，毁其碉寨，擢总兵。时定海军经制，借补中军副将，而以汝昌为提督，其左右翼总兵则闽人林泰曾、刘步蟾也。汝昌故不习海战，威令不行。独世昌以粤人任管驾，非时不登岸[9]，闽人咸嫉之。

二十年夏，日侵朝，绝海道。鸿章令济远、广乙两船

---

1. 邓世昌：广东番禺（今广州）人，清末北洋水师名将，中国近代民族英雄。清光绪二十年（1894）甲午中日战争时，邓世昌任致远号巡洋舰管带，同年9月17日，在中日黄海海战中，虽弹尽舰伤，仍下令致远舰猛撞敌舰，被鱼雷击中，与舰上200余官兵壮烈殉国。2. 干略：才干谋略。3. 布算术：排列算筹进行推算之术。4. 徼循：巡查。5. 八年：光绪八年（1882）。6. 后距：后援。7. 沍（hù）：冻结。8. 生番畔：台湾高山族叛乱。生番，是清廷对台湾部分高山族人的蔑称。9. 非时不登岸：不是规定登陆的时间，不允许舰船官兵上岸。

赴牙山，遇日舰，先击，广乙受殊伤[1]；轰济远，都司沈寿昌，守备杨建章、黄承勋中炮死。济远逃，日舰追之，管带方柏谦竖白帜，追益亟[2]，有水手发炮击之，折日舰瞭楼[3]。柏谦虚张胜状，退塞威海东西两口。世昌愤欲进兵，汝昌尼[4]其行，不果。已而日舰集大连湾，窥金州，我国海军乃大发，泊鸭绿江大东沟，以铁舰十当敌舰十有二。汝昌乘定远居中，列诸船左右张两翼。日舰鱼贯进，据上风，汝昌令轰击，距远不能中。日舰小，运棹灵，倏分倏合，弹雨坌集[5]，定远被震，大纛仆[6]。世昌见帅旗没，虑军心摇，亟取致远纛竖之。战良久，定远击沉其西京丸，我之超勇毁焉。

世昌乘致远，最猛鸷，与日舰吉野浪速[7]相当，吉野，日舰之中坚也。战既酣，致远弹将罄，世昌誓死敌。将士知大势败，阵稍乱，世昌大呼曰："今日有死而已！然虽死而海军声威弗替[8]，是即所以报国也！"众乃定。世昌遂鼓轮怒驶，欲猛触吉野与同尽，中其鱼雷，锅船裂沉。世昌身环气圈[9]不没，汝昌及他将见之，令驰救。拒弗上，缩臂出圈，死之。其副游击陈金揆同殉，全船二百五十人无逃者。经远管带总兵林永升、超勇管带参将黄建寅、扬

---

1. 殊伤：重伤。2. 亟：急。3. 瞭楼：瞭望台。4. 尼：阻止。5. 坌（bèn）集：聚集。6. 大纛仆：大旗（帅旗）倒下。7. 浪速：航速。8. 替：衰。9. 气圈：救生圈。

威管带参将林履中并殒于阵。

事闻，世昌谥壮节，余皆优恤。世昌既死，诸船或沉或逃，遂不复成军。世昌临战以忠义相激励，死状尤烈，世与左宝贵[1]并称双忠云。永升等，忠义有传。

选自《清史稿》，中华书局，1977年版

1. 左宝贵：山东费县（今山东临沂平邑县）人，回族，累官至广东高州镇总兵。清光绪二十年（1894）甲午中日战争爆发，左宝贵于平壤玄武门之役，登城督战，不幸中炮阵亡，是甲午中日战争中牺牲的第一位清军高级将领。

潘达微自述

潘达微

1911年“三二九”起义失败后，死难烈士陈尸街头。清政府初拟将在广州城各处收集到的烈士遗骸丛葬于城东北的狗头山，后拟改葬于东门外专门掩埋处决罪犯的臭岗。时任《平民报》访员的潘达微不避风险，利用记者的公开身份到现场凭吊，以维护卫生的名义收敛到烈士遗骸七十二具，并发动广仁善堂将红花岗献出用以营葬。事后，潘达微奋笔披露文章于海外，题名为“谘议局前新鬼录，黄花岗上党人碑”。

1929年潘达微在香港病逝，南京国民政府国务会议明令褒扬潘达微，赞其“志洁行芳，任侠仗义”。其灵柩被运回广州，附葬于黄花岗，并于1951年8月移葬在七十二烈士墓东侧，与七十二烈士英名同垂千古。（《广州文史·第76辑》）

作者介绍

潘达微（1880—1929），原名潘虹，字心微、达微、铁苍，广东番禺（今广州）人。中国近代民主革命家，中国同盟会会员。1911年广州起义失败后，冒着生命危险殓葬烈士遗骸七十二具，安葬于广州黄花岗。他也是中国近代重要的书画家、摄影家、报人，创办《时事画报》《平民报》等，提出“以革命思想入画”的口号。

辛亥三月廿九之役，吾党举义于广州，攻督署不克，七十二烈士殉焉。时城中百计搜捕党人，越四月三日，城门仍半启，侦察出入甚严，余以《平民报》访员名义，故能于缇骑纵横之际，得往来无阻。是日晨，从南门入，侦知各烈士遗骸，已更续移置谘议局前旷地；遂出南门，折而之东郭，则议局前诸烈士遗骸赫然在也。陈尸场上，逻者洞察尚严，积尸分数垒，折臂断腕，血肉模糊，目不忍睹。余斯时哭不能声，惟有强含酸泪，中心如焚而已。旋离尸场，蹀躞[1]东郊，欲一刺其实况。访诸舁[2]尸者，知掩埋之役属善堂，丛而葬诸臭岗。臭岗者，吾粤刑人于市，丛葬于岗之巨穴中，掩以浮土，暴骨扬秽，过者掩鼻，故名之曰臭岗。余骤聆耗，肝肠欲摧，掩泪去而之广仁善堂，以此事诘善董。善董曰："唯官命。"余以大义痛陈，谓诸义士为国捐躯，纯为国民谋幸福，彼此亦国民一分子，如是藁葬[3]，良心何以自安！且慈善事业不计谁是谁非，施棺施地，唯义所应尔。各善董多为动容，转询余以办法。余谓官殓刑尸，指定地址，属善堂殓埋，殆循惯例，若营葬别地，官亦必不深究。余相机复以由某择地殓葬之意请诸各善董，各善董有难色。盖怵于威，恐事泄株累也。余不得已，遂以电话达此意于江孔殷太史，求太

---

1. 蹀躞（diéxiè）：小步走路。2. 舁（yú）：共同用手抬。3. 藁（gǎo）葬：草草埋葬。

史一助力。太史遂转电告善董，谓此事可力任，纵有不测，彼可负全责。各善董得太史电，乃允余请。

余遂去。顾思何处得一善地，以为诸义士墓所，偶忆某牙医新购一地于东门外沙河，此事或可慨让，遂造医生之庐而请谒焉。告以此事，医生慨然相许诺，且谓地价毋急偿，区区数百金，唯公便。余闻而德医生，谓七十二烈士英灵其可妥也。医生旋以地券相付，卒为旁人所尼，遂中止。余此时抚案大恸，医生意良不忍，乃告余曰："余可助君者，舍让地外，唯君欲。"余知此地必不可得，不如别图，遂与医生贷金数十，去而复之广仁。抵座后，余五中欲裂，半晌，哭不成声。善董见余举动失次，欲相慰，顾又不省端绪。余痛少定，起告善董以余父名，乃曰："座中多为父执，讵忍此不为小子助！"并告以顷求让地弗得事。言次，乃泪涔涔下。维时善董徐君诘余曰："本堂有一段地，坐沙河马路旁，名红花岗，殆为本堂义地而未葬者，青草白地，可称干净土，棺殓营葬诸事，并由本堂任之，何如？"余闻徐君言，为之悲感不自胜。奔赴岗视察，岗地势虽非巍壮，无以妥先灵，然于仓卒百难中得此，亦差足自慰。遂以电话与徐君约，星夜嘱仵执土功，晨起集议局前督葬事。时已昏夜，余乃还家。是日自朝至日中昃[1]，

1. 中昃：泛指过午，谓日过午而渐西斜。

余水米迄未沾唇吻，然亦不觉饥苦，终夕伏枕不成寐。

翌晨，即四月四日，见星而起。余妻知余有葬事，潜以帛裹余襟底，以寄哀思，并以辟秽丸数枚置囊中。余匆促出门去，八时抵尸场，仵工未至，秽气触鼻欲呕，遂以丸塞鼻观。十时，仵工更续舁棺至，棺皆薄板制者，余见而心滋痛，以为男儿死国事，虽以马革裹尸还葬幸耳，然桐棺三寸乃不可得，死者已矣，生者何心！欲另市棺易之。时旁有一善董，乃方便医院派来者，谓棺可由院另备，不必求诸市，余深感此君不置，遂易以院所备棺，以次成殓。当时伤心惨目，不可言喻。盖陈尸数日，继以夜雨，尸体霉胀，且各义士多被假发，发去脑裂，体缚以铁索，多合二三人为一束。呜呼！骈者死义，结局如斯，亦云惨矣！乃嘱仵工解缚分之，并去枷锁。仵工故难之，予之钱而始允。旋殓旋舁诸葬所，仵约百人，络绎于道。计自上午十一时始，迄下午四时止，乃毕殓事。中有一尸，衣蓝布长衣，不类党中人，先为分置，午后有人领去，知为清吏李某之随仆云。除去此尸体，综计棺殓合七十有二具。是日也，风雨愁云，行人绝迹，马路中幢幢往来者，惟殓尸之仵工，皆若寒蝉，噤不敢声，此情此景，至今犹形梦寐中也。余随最后之一棺，步送到红花岗。岗上圹分四横直列，为先一夕嘱土工照式经营者。惟掘地不深，余遂以医生所贷金与土工，嘱为深掘而后营葬。葬至首例时已薄暮，细雨仍绵绵不止。余以党祸方急，伺人四布，夜行有戒心，乃嘱土工妥为深葬，遂先归。直抵第八甫《平民报》，以是日情形告同事，并至各报嘱勿将此事宣布。殊翌日《国事报》首先揭出，并措词有不利于余个人者。余知事难秘隐，是夕及将此事颠末宣布，其标题曰："谘议局前新鬼录，黄花岗上党人碑。"盖余略嫌"红花"二字软弱，不如"黄花"之雄浑也。各报因沿用黄花二字，迄今遂成定名矣。

事后有欲以此兴党狱者，且侦察余，欲置余死地而后快。亲友多讽余行，余亦不走避。盖党人视死地为乐所，余身命久置之度外矣，胡避为！后民国成立，余仍服务党中，回溯当年情事，历历在目，首议大祭以妥先魂，是日黄花岗上，奠者万人，余知先烈之魂，至此其稍慰耳。同志以先烈墓茔，不封不树，无以壮观瞻，举余住黄花岗修理。旋龙氏入粤，下令索余急，余走海陬[1]，事遂中辍。民国五年，省参议会复提前案，举余为修筑黄花岗协理，随孙、周二先生后，但事至今日，尚无切实进行办法。回首黄花岗上，碧血青磷，鬼雄夜啸，抚衷自问，诚无以对诸先烈在天之灵！援笔书此，徒觉汗颜无地而已。

选自《羊城风华录：当代中外作家笔下的广州》，
花城出版社，2008 年版

---

1. 海陬：海隅、海角。也泛指沿海地带。

我学习音乐的经过

洗星海

“巴黎的天气本来比中国南方冷，那年冬天的那夜又刮大风，我没有棉被，睡也睡不成，只得点灯写作。哪知风猛烈吹进，煤油灯（我安不起电灯）吹灭了又吹灭。我伤心极了，我打着战听寒风打着墙壁，穿过门窗，猛烈嘶吼，我的心也跟着猛烈撼动。一切人生的祖国的苦、辣、辛、酸、不幸，都汹涌起来。我不能自已，借风述怀，写成了这个作品。”

作者介绍

冼星海（1905—1945），曾名黄训、孔宇，广东番禺（今广州）人。曾在上海国立音乐院及法国巴黎音乐学院学习音乐。1939年任鲁迅艺术文学院音乐系主任。作品有大合唱《黄河大合唱》《生产大合唱》等4部；歌曲《救国军歌》《到敌人后方去》《游击军歌》《在太行山上》等。

××兄：

我到这里已经一年多了。现在又是春天。每年春天，我总想多写些东西，但是今年春天，怕还能更多写一些吧。我刚刚写完《三八》妇女歌舞活报、《牺盟大合唱》，又要开手写《滏阳河》歌剧和《敌后抗日根据地大合唱》……

我住的地方是在一条小溪流入一条河的山沟边，春天冰雪融化了，河水溪水浓重地磅礴地向东奔流。在柳树枝头抹着苔绿的包围里，礼堂——从前是个教堂——的双塔尖插在明秀的天空，引起了异国的回忆。我想起你前次的来信。

你问起我的创作经验，我觉得我还谈不上什么经验，因为现在我也还在学习中。但为了答谢你给我的鼓励，只好不避厚颜将学习的经过乱七八糟的写下来，这样的东西，怕于你没有什么益处吧！

• 一 在巴黎

我曾在国内学音乐有好些年。在广州岭南大学教音乐的时候，感到国内学音乐的环境不方便，很想到法国去。同时，我奢想把我的音乐技巧学得很好，成功为“国际的”音乐家。正在考虑之际，凑巧得马思聪兄的帮忙，介绍了他在巴黎的先生保罗·奥别多菲尔（Paul Oberdoeifer）给我。于是，我下了很大的决心，不顾自己的穷困，在一九二九年离开祖国到巴黎去。到了巴黎，找到餐馆跑堂的工作后，就开始跟这位世界名提琴师学提琴。奥别多菲尔先生，过去教马兄时，每月收学费二百佛郎（当时约合华币十元左右）。教我的时候，因打听出我是个做工的，就不收学费。接着，我又找到路爱日·加隆（Noel Geallon）先生，跟他学“和声学”“对位学”“赋格曲（Fugue，一种作曲要经过的课程）”。加隆先生是巴黎音乐院的名教授，收学费每月也要二百佛郎，但他知道我的穷困后，也不收我的学费。我又跟“国民学派”士苛蓝港·多隆姆（唱歌学校——巴黎最有名的音乐院之一，与“巴黎音乐院”齐名，也是专注重天才。与“巴黎音乐院”不同之处，是它不限制年龄。“巴黎音乐院”则只限廿岁上下才有资格入学。此外，它除了注意技巧外，对音乐理论更注意）。跟这个学校的作曲教授丹地（V. D’Indy）学作曲，他算是我第一个教作曲的教师。以后，我又跟里昂古特（Lioncourt）先生学作曲，同时跟拉卑（Labey）先生学指挥。这些日子里，我还未入“巴黎音乐院”，生活穷困极了，常常妨碍学习。

我常常在失业与饥饿中，而且求救无门。在找到了职业时，学习的时间却又太少。在此时期，我曾经做过各种各样的下役，像餐馆跑堂、理发店杂役，做过西崽（Boy），做过看守电话的佣人和其他各种被人看作下贱的跑腿。在繁重琐屑的工作里，只能在忙里抽出一点时间来学习提琴，看看谱，练习写曲。但是时间都不能固定，除了上课的时间无论如何要想法去上课外，有时在晚上能够在厨房里学习提琴就好了，最糟的有时一早五点钟起来，直做到晚上十二点钟。有一次，因为白天上课弄得很累，回来又一直做到晚上九点，最后一次端菜上楼时，因为晕眩，连人带菜都摔倒，被骂了一顿之后，第二天就开除了。我很不愿把我是一个工读生的底细告诉我的同事们，甚至连老板也不告诉，因此，同事对我很不好，有些还忌刻我，在我要去上课的那天故意多找工作给我做，还打骂我，因此我也常打架。有一个同事是东北人，他看见我学习时，总是找出事来给我，譬如说壁上有丝尘，要我去揩等等。但我对他很好，常常给他写信回家（东北），他终于感动了，对我特别看待，给我衣服穿等等。可是我还不告诉他我入学的事。

我失过十几次业，饿饭，找不到住处，一切的问题都来了。有几次又冷又饿，实在支持不住，在街上软瘫下来了。我那时想大概要饿死了。幸而总侥幸碰到些救助的人，这些人是些外国的流浪者（有些是没落贵族，有些是白俄）。大概他们知道我能弹奏提琴，所以常在什么宴会里请我弹奏，每次给一二百佛郎，有时多的一千佛郎。有对白俄夫妇，已没落到做苦工，他们已知道了劳动者的苦楚，他们竟把得到的很微薄的工资帮助我——请我吃饭。我这样的过朝捱夕，谈不上什么安定。有过好几天，饿得快死，没法，只得提了提琴到咖啡馆、大餐馆中去拉奏讨钱。忍着羞辱拉了整天得不到多少钱，回到寓所不觉痛哭起来，把钱扔到地下，但又不得不拾起。门外房东在敲门要房金，如不把讨到的钱给他，就有到捕房去坐牢的危险（其实不是为了学习，倒是个活路）。有一次讨钱的时候，一个有钱的中国留学生把我的碟子摔碎，掌我的颊，说我丢中国人的丑！我当时不能反抗，含着泪悲愤得说不出话来——在巴黎的中国留学生很不喜欢我，他们都很有钱，还有些领了很大一笔津贴，但却不借给我一文。有时，我并不是为了借钱去找他们，但他们把门闭上，门口摆着两双到四双擦亮的皮鞋（男的女的）。

我忍受生活的折磨，对于学音乐虽不灰心，但有时也感到迷惘和不乐。幸而教师们肯帮助我，鼓奖我，在开音乐会演奏名曲时，常送我票。奥别多菲尔先生在一个名音乐会里演他的提琴独奏（Thais）时，不厌我穷拙，给我坐前排。这些，给我意外的关怀，时时促使我重新提起勇气，同时也给我扩大了眼界。我的学习自己觉得逐渐有些进步，我写了好多东西，我学习应用很复杂的技巧。

在困苦生活的时日，对祖国的消息和怀念也催迫着我努力。

我很喜欢看法国国庆节和“贞德节”的大游行。这两个节是法国很大的节日，纪念的那天，参加的人非常拥挤，有整齐的步兵、卫队、坦克队、飞机队等。民众非常热烈地唱国歌，三色国旗飘扬。我每次都很感动。在一九三二年，东北失陷的第二年，到那些节日，我照例去看游行。但是那次群众爱护他们祖国的狂热，和法国国歌的悲壮声，猛烈地打动了我。我想到自己多难的祖国，和三年以来在巴黎受尽的种种辛酸、无助、孤单、悲痛、哀忿、抑郁的感情混合在一起，我两眼充满了泪水，回到店里偷偷地哭起来。在悲痛里，我起了应该怎样去挽救祖国的危亡的思念。

我那时是个工人，我参加了“国际工会”。工会里常放映些关于祖国的新闻片，和有一些照片。我从上面看到了祖国的大水灾，看到了流离失所饥饿死亡的同胞；看到了黄包车（人力车）和其他劳苦工人的生活；看到了一九二七失败后党派分裂、国民党的大屠杀……这些情形，更加深我的思念、隐忧、焦急。

我把我对于祖国的那些感触用音乐写下来，像我把生活中的痛楚用音乐写下来一样。我渐渐把不顾内容的技巧（这是“学院派”艺术至上的特点）用来描写诉说痛苦的人生、被压迫的祖国，我不管这高尚不高尚。在初到法国的时候，我有艺术家的所谓“慎重”，我对于一个创作要花一年的功夫完成，或者一年写一个东西，像小提琴及钢琴合奏的《朔拿大》，我就花了八个月的功夫。但以后，就不是这样了。我写自以为比较成功的作品《风》的时候，正是被生活逼得走投无路的时候。我住在一间七层楼上的破小房子里，这间房子的门窗都破了。巴黎的天气本来比中国南方冷，那年冬天的那夜又刮大风，我没有棉被，睡也睡不成，只得点灯写作。哪知风猛烈吹进，煤油灯（我安不起电灯）吹灭了又吹灭。我伤心极了，我打着战听寒风打着墙壁，穿过门窗，猛烈嘶吼，我的心也跟着猛烈撼动。一切人生的祖国的苦、辣、辛、酸、不幸，都汹涌起来。我不能自已，借风述怀，写成了这个作品。以后，我又把对祖国的思念写成《游子吟》《中国古诗》和其他的作品。

我想不到《风》那么地受人欢迎，我的先生们很称赞它，旧俄（现在已通称苏联）的音乐家，也是现在世界有名的音乐家普罗珂菲叶夫（Prokofiev）也很爱它。并且它能在巴黎播音（上面说过的《朔拿大》也被播）和公开演奏。

大概因为作品和别的先生的介绍，我侥幸得识了“巴黎音乐院”的大作曲家普罗·刁客（Paul Dukas）先生，他是世界三大音乐家之一（印象派）。更侥幸的是他竟肯收我做门生，他给我各种援助，送我衣服，送我钱，不断的鼓励我。还派他的门生送我乐谱、香烟（我当时不抽烟没有收下），并答应准我考“巴黎音乐院”的高级作曲班。在这以前，一个法国的女青年作曲家，也给我很大的帮忙。她亲自弹奏过我的作品，她鼓励我不要灰心，她教我学唱，学法文，经济上不时周济我（她的母亲待我也很好）。在考“巴黎音乐院”的时候，她先练习了八个月的钢琴为我伴奏。

报考的那天，“巴黎音乐院”的门警不放我进门，因为我的衣服不相称——袖子长了几寸的西服——又是个中国人。我对门警说，我是来报考高级作曲班的。他不相信，因为中国人考初级班的也很少，而且来的多是衣冠楚楚的人。高级班过去只有马思聪兄入过提琴班。这样就难怪他阻挡我了。正在为难，恰巧普罗·刁客先生从外面来，他攀着我的肩一同进去了。

我总算万幸考入了高级作曲班，考到了个荣誉奖。他们送给我物质的奖品时，问我要什么？我说要饭票，他们就送了我一束饭票。入学后，我专心学作曲，兼学指挥，并在“国民学派”士苛蓝港·多隆姆学音乐理论。在生活上较有办法了。学校准许我在校内吃饭，刁客先生更常帮助我。不过比起别人来，我穷得多。学习上物质的需求还很难解决，如买书就不易，所以我几次要求政府给公费。照我的成绩及资格说来，是应得公费的，但祖国政府对我的几番请求都没答复。学校给证明，甚至当时巴黎市长赫理欧也有证明文件都不行。我很失望。我记得有一年，有个要人到巴黎来，找我当翻译，我顺便要求他给我想法资助去德国学军乐（那时我还未入“巴黎音乐院”），回来为祖国服务。他那时虽是对外宣传中国需要抗日，却不能答应我的请求。而我入了“巴黎音乐院”之后，要想望遥遥的政府给公费，自更困难了。结果是从始到终一文公费也领不到。我在“巴黎音乐院”的几年生活，只靠师长和学校的帮助。

一九三五年春，我在作曲班毕了业，刁客先生逝世，我就不能再继续留在巴黎研究了。另一方面我也想急于回国，把我的力量贡献给国家，所以临行时，上面说过的那位女青年作曲家劝我再留在巴黎，我也不肯再留。为不却她的盛意，我给她说谎，半年后就回到巴黎来。我有许多曲稿还留在她那里，还有许多书籍稿件也关在别处一间小寓所里，因为没钱交房租，不能去取回来，大概现在还在吧！

一九三五年初夏，我作最后一次欧洲的旅行。几年来我把欧洲主要的许多大小国家的名城、首都都游过了，增长了很多知识。这最后一次到伦敦的旅行，却很不顺利。登岸时，英政府不准我入境，他看见我的证明文件及穷样子，以为我是到伦敦找事做的，他不相信我是旅行者。我被扣留了几个钟头，亏得能打电话到公使馆才释放了。帝国主义对弱小民族是歧视的，英国的成见尤深。

二　回到祖国

从伦敦回来之后，我就起程回中国了。

在回国的途上，因为没有钱，得了友人之助，坐了货船。一路和回国工人水手一起生活，非常愉快。对于工人，我很合得来。其实我自己也算“半个”工人。在巴黎的近郊，我参加过华工的一个很大的晚会，那时欧阳予倩先生也在，我为工人们奏提琴，我自己也很快乐。这次回国，虽然享不到人们坐邮船那种福，但说说笑笑，坦白真挚的生活也很好。我们行船，经过许多地方。到非洲时，我还上岸去观光了一趟。

船到香港，喜悦和愤怒一齐起来了。喜的是一别七年的祖国已在望，愤怒的是香港的那种建筑一律是殖民地式，连颜色也一样。以前未到欧洲不知道此种耻辱。到过了巴黎看过殖民地展览会，和亲眼看过非洲及安南等地的建筑后，这种愤怒是不能不起来了。等到印度巡捕故意和我们为难的时候，更加忿恨。以后到了上海，除像香港所得到的不快外，还加上码头工人的破烂的刺激，比起在巴黎影片里看到的更使我难过。

我在上海北四川路旁的一个亭子间里，会见了一别七年的母亲。她比从前苍老了许多。七年来，只靠自己养活自己，让我去追求我的理想，她那种自我牺牲的母性，使我自觉难受得很。我那时想：我要好好服侍她，不再让她受苦了。

但是我找不到职业，我还要吃母亲的饭。以后，搬了家，招收了几个学提琴的学生，算是暂时解决了生活的问题。

那年秋江北大水灾，我应了“南国社”友人之邀到南京要去看大水灾，后因故不能成行。在南京时跟过友人到歌女处听唱。他们一边和歌女周旋，我在旁记下她们的曲调和情绪，我想把我的音乐创作能够充满着各种被压迫的同胞的呼声，这样我才能把音乐为被压迫的祖国服务。回上海后，我的第一个回国的作品写成了，那是影片《时势英雄》的插曲《运动会歌》。“一二·九”运动起来，上海的大中学里有些学生和我相识，他们寒假到街头宣传和示威游行，要我写个歌。我写了个《我们要抵抗》，这是我第一个救亡歌曲（现在原稿都失掉了）。接着又写了《战歌》《救国进行曲》。这两个歌和《运动会歌》都收入百代公司唱片。因为《战歌》等的唱片销路速度打破了百代公司的其他唱片纪录，百代公司愿意聘请我了。我也满意这个职业，因为可以大大的收些救亡歌曲。可是这满意很快被打消，《战歌》的唱片及底片被没收打毁后，百代公司的老板就不愿收救亡唱片了。我在那里，只是做做配音，做一些生意眼的工作。但这种工作耽搁我的时候不少，妨碍我的创作和发展。那时我觉得民族危机很深，我开始着手写《民族交响乐》（大乐曲），要有很多时间才行。另一方面，百代公司待遇的不平（有些技术很差的薪水比我多八倍）和某些同事的买办气的态度来对待我，我也很不快，因此不久我就辞职不干了。

一九三六年初，上海工部局（上海外人统治租界的政府）的音乐队，答应给我开个音乐会演奏我的作品。筹备得差不多的时候，工部局及乐队的领袖都不答应，结果开不成了。他们是不愿意弱小民族有出头的一天的，何况他们一向都是奏演“最高尚的”音乐呢！

离开百代公司之后，我又开始了穷困的生活。虽然在百代公司里有月薪一百元，但上海的应酬大，每月都不剩。可是我还能给影片写些歌曲，有时一个歌能拿一百多元。我有了钱，除了家用外，就拿些来帮助穷朋友，尤其是音乐界的。我对于中国的新音乐运动是热心的，我应了当时的救亡歌曲运动者的要求，义务的给他们那些干部教作曲、指挥等。我也常常到各界的歌咏队或班里去教唱。

所以这个时期虽然失业，倒也不寂寞。

不久，新华影片公司要大做生意，又把我聘请做音乐部门的负责者（但不给我全权）。在这时期里我写了不少的曲，如《搬夫曲》《夜半歌声》的插曲《热血》《黄河之恋》等，又作了《拉犁歌》《小孤女》《潇湘夜雨》《青年进行曲》等等。这些歌曲写作的时候，已经是救亡运动受到阻碍的时候，所以多是弯弯曲曲地说出心里话，我作曲也只能寄怒号于悲鸣。但是，新华影片公司的老板渐渐投机了。他专门要拍古装片，迎合低级趣味。他们要弄《新毛毛雨》，我是不能答应的。他就慢慢摆出老板的面孔要强我作《新毛毛雨》之类。他当我不知道我的曲的价值。他以为一百五十元的月薪就可以把我全部的创作意志能力买下来了。但是我的良心不能使我这样做，所以不久我又辞掉了职务不干。我宁可挨穷，宁可分文不计地为社会服务。

我仍在上海文化界、戏剧界、音乐界里为他们配曲、配音、教唱等。我以前曾写过《复活》的插曲：《茫茫的西伯利亚》《莫提起》（在南京演出）。到此时，我又给《太平天国》写插曲：《炭夫曲》《打江山》，还有《日出》里的插曲。另外的写些如《没有祖国的孩子》《旱灾歌》《鲁迅追悼歌》等。又为《大雷雨》全部配音和写插曲，都不要一个钱和报酬。

我在此时接触了许多埋头苦干人士，他们真心的为祖国的事业来献出全部力量。也看见了许多只顾出风头的人物，也看见表面热心实际压迫人的人物。我不断地写作，我得到许多同胞的帮助、鼓励、批评，也遭受过检查、限制、排斥。我以前所想的祖国那么天真简单，现在没有了。我有时也苦闷，但愉快的时候多。

我喜欢接近学生，尤其喜欢接近工人农民。我在工人的歌咏队里教唱，也到大场乡下去教唱。他们对我的作品表示欢迎。我从他们的喜怒里，尤其劳动的呼喊抗争里吸收新的力量到我的作品里来。自然，我对他们的了解还不够，我的作品也还浅薄，不深入。可是比起在巴黎的作品充实得多。在巴黎的作品，连作风也未确定，只不过是有印象派的作风和带上中国的风味罢了。而尤其觉得高兴的，是我的作品那时已找到了一条路，吸收被压迫人们的感情。对于如何用我的力量挽救祖国的危亡的问题，是有把握了。我感觉我的作品已前进了一步，它和实际斗争初步联系起来了。

· 三　从上海到武汉

“八一三”抗战爆发，我参加了洪深兄领导的上海演剧第二大队，离开上海到内地宣传，经过了许多地方。最不能忘的是一九三七年冬天，我们到湖北汉冶萍煤铁矿场。我下到煤矿井的底层，观察工人们的工作和生活，我和他们谈话。他们全身脱得精光，天一亮就下去，晚上才出井。整天看不见太阳，井底空气恶劣，灯光不亮。我在那矿场里参观了好几天，教工人们大合唱，工人们很愿意和我接近。我在矿场里作了《起重匠》歌。

以后我们到了武汉。

在武汉，演剧第二大队的歌咏工作，成了推动武汉歌咏工作的中心，我每天工作十几个钟头。武汉的歌咏队到处建立，一直扩大到工场、商店、农村。与张曙兄合作开过许多歌咏大会，举行过歌咏大游行，游行的时候，商店一起合唱起来。

在武汉，这时期的工作最兴奋，我作了《保卫武汉》《五一工人歌》《新中国》《祖国的孩子们》《游击军》《华北农民歌》《当兵歌》《我们的队伍向前走》等。只是对于歌曲的漫无标准的检查，监视救亡工作，甚至连“救亡”二字都不准用等等现象很叫人不快。为了工作方便，我想，到政府去工作也许问题好商量。因此我就应军事委员会政治部第三厅之邀，到部里去工作。

但在第三厅里工作困难更多。外面组织的好几十个歌咏团体遭合并为一个队，又把这个队的干部抽调到各团体中去。这个队就领导不起来了。那些干部被分配到各团体之后，因受种种限制，不能开展工作，有些则灰了心，有个别的竟堕落了。他们受物质的引诱，对工作消极。还有在歌曲方面，审查、改削、限制、禁止等更严格，作曲作词的都无法发挥能力。我渐渐感到无事可做，在厅里，除了晚上教教歌，白天只坐在办公厅里无聊。一种苦闷的感觉愈升愈高。同事们也和我有同感。他们编了一首打油诗说：“报报到，说说笑，看看报，胡闹胡闹，睡睡觉。”有一个胖子，每天下午必午睡，呼噜呼噜的鼾声震动好几间房子，我们都笑起来，这样的生活，使我不愿再待下去。

令人更不快的事情是：外面那几十个团体被解散后，另一些团体成立起来了；他们不欢迎我和从前那些团体的干部到他们团体里去，不唱我的歌及许多救亡歌，并把我当作排斥的目标。这显然是闹宗派意见。我无成见，也不是为了争出风头，总希望大家谅解，消除误会；但我的努力都得不到结果。

我很痛苦，我和谁也并没有仇，但却被他们仇视。我的薪水虽然有百多元一月，够应酬吃饭，但精神不愉快，身体虚弱，面黄肌瘦，不活泼，呆板。虽然我在此时期写了《胜利的开始》《到敌人后方去》《工人抗敌歌》《反侵略进行曲》《斗争就有胜利》《空军歌》《点兵曲》《江南三月》（电影插曲）及许多军队的军歌，但写作的情绪和心情大减。

渐渐的我无法创作，我渴望一个能给我写曲的地方，即使像上海那样也好。但回上海是不可能了。

于是我想起延安。但我不知道延安是否合我的理想？在设备方面，会不会比武汉差？在没办法中，只得去试试打听打听看。

延安这个名字，我是在“八一三”国共合作后才知道的。但当时并不留意。到武汉后，常见到“抗大”“陕公”招生的广告，又见到一些延安来的青年。但那时，与其说我注意延安，倒不如说是注意他们的刻苦、朝气、热情。正当我要打听延安的时候，延安“鲁迅艺术学院”寄来一封信，音乐系全体师生签名聘我。我问了些相识，问了是否有给我安心自由的创作环境，他们回答是有的。我问进了延安可否再出来，他们回答说是完全自由的。

我正在考虑去与不去的时候，“鲁迅艺术学院”又来了两次电报，我就抱着试探的心，起程北行。我想如果不合意时再出来。那时正是一九三八年的冬天。

· 四　新环境

一进入延安，许多新鲜的印象都来了。在路上看到七散八离的“窑洞”，这里却是一排排的很整齐。那种像挤拱一样的石砌房屋也多起来了。古旧的城一半蜿蜒在山上。在南方和华中都很难找出这样的城吧！这些印象，使我觉得延安似乎不应该是这样。延安应该美丽得多。

我下了汽车之后，当局把我招待到西北旅社（是个最上等的旅社），他们把我当上宾了。——几天之后，日本飞机突来轰炸。我刚走出房门要到防空壕去，炸弹在头上丢下来了。我赶忙卧倒，炸弹在我面前炸开，房子都炸倒，我没有被炸死。这次危险受惊不小，他们赶快给我搬家，我就住到北门外的“鲁迅艺术学院”去。

我在“鲁艺”担任教音乐的课程。他们给我一个窑洞居住。以前，我以为“窑洞”又脏又局促，空气不好，光线不够，也许就像城市贫民的地窖。但是事实全不然，空气充足，光线很够，很像个小洋房，不同的是天花“板”（应说“土”）是穹形的。后来我还知道它有冬暖夏凉的好处。我也吃到了小米饭，这饭不好吃，看来金黄可爱，像蛋炒饭，可是吃起来没有味道，粗糙，还杂着壳，我吃一碗就吃不下了。以后吃了很久才吃惯。各方面的生活我也跟他们一样，我开始学过简单的生活。

生活是这样：一早起床，除了每天三顿饭的时间和晚饭后二小时左右的自由活动，其余都是工作、学习（我到的时候及以后，学习的空气很高）。他们似乎很忙，各人的事好像总做不完。我住在窑洞里，同事同学常常来看我，我也到他们窑洞里去。他们窑里布置得简单：一张桌子，一个床铺，几本或几十本书，和纸张笔墨之类；墙上挂些木刻或从报张上剪下来的图照。此外就没什么了。大家穿着棉布军装，留了发，却不梳不理。

“鲁艺”的音乐人才，我到时不多（全中国音乐人才本来就少，所以也难怪）。他们算是全延安歌咏运动的中心，从影响上说，也许还是全国歌咏运动的中心吧。他们对新音乐建设的工作做了一些。对大众化和民歌形式的努力，成绩较大。有“民歌研究会”，收集的民歌包括了全国的，陕、甘、绥的尤多。还有“少数民族”（如蒙、回、藏、番、苗……）及朝鲜、安南等地的民歌土调。因为延安是全国各地直到各弱小民族（现在还有印度的）的青年“会集之地”。所以“鲁艺”的“民歌研究会”就能从那些青年的口里把歌调记下来。“鲁艺”关于世界音乐的材料有一些，外间看不到的这里也有。他们和苏联音乐界的关系密切，要得到那些材料不难。世界音乐的材料也较容易得来。我最近托延安的负责人要几千张乐谱，他答应一定能取来。所以这一些情形，对于我写曲、研究有很大的好处。只是乐器方面设备太差，全延安没有一架钢琴。除了能够携带的西乐器（如提琴、手风琴之类）之外，只能数数中乐器了。我现在正在研究中乐器的特点，想利用它们的特长以补目前的缺陷。

我担的课不多，有很多时间来写作研究。常有时间找学生来谈，学生们的进步相当快，他们生活单纯，专心学习。现在收生考试很严格，学生的基础更好，有些用功能赶过教员，因此教课的人不怎样吃力。学生们和我很好，上课时间往往要延长。有一天晚间，上课讲到夜深，本该休息，但他们说不疲倦，要我讲下去，一直讲到了天明才罢。

我对“鲁艺”的生活很容易习惯，只是开会最初不惯。我觉得开会妨碍写作，我曾经向他们表示这一点，他们没说什么。后来我才知道这是他们对问题解决的审慎态度；他们以为开会大家都发表意见，问题就考虑得较周到了。在开会时，大家交换了意见，不同的经过争论后又相同，因此就没什么隔阂，容易团结。我对于这一点，慢慢也习惯了。

生活既安定，也无干涉拘束，我就开始写大的东西。一九三五年开了头的《民族交响乐》，在安静的窑洞里完成了。还有《军民进行曲》、《生产大合唱》、《黄河大合唱》、《九一八大合唱》（现更名为《打到鸭绿江大合唱》）、《三八》歌舞活报……都能连续地写下来。现在还有几个大的作品未完成。

延安的人很欢迎《黄河大合唱》，已经唱过近十次了（都是在“晚会”演出，这里“晚会”几天一次，是延安的娱乐方法），还愿意听。招待外面来的贵宾时也演唱。他们（贵宾）看（指挥）听过后也感动地发过感想。但不如延安的青年的批评那么多。延安的人喜欢新的东西，也喜欢批评。他们给我的作品常发表意见，而且有一套道理。我因之常常以他们的批评作参考，改正某些地方，但是也有些人批评常常以过去现在某作家作品为标准，这种稍微带点保守性的批评，是别处的地方也不能免的。但这种批评对我也有帮助，使我看见我的作品的个性，是进步还是退步。

还有一种批评，给我的益处较大，那就是负责当局的关于方向的指出。譬如他们所主张的“文化抗战”，那关于音乐上民族、民主、大众化、科学化的方向，给予我对于新音乐建设的研究和实行问题上有很多的启示。

为了学习浪潮的推动，我也学习理论，最初只限于音乐有关的东西，后来知道了这还不行，我就也来一个学习社会科学的计划。我看了一些入门书之后，觉得不至于落在人后了。但慢慢发生了兴趣，我竟发现了音乐上许多的问题过去不能解决的，在社会科学的理论上竟得到解答。

且不说大的方面，如音乐与抗战、音乐与人类解放等等问题，只举出为什么工农的呼声有力，情感健康这一点。关于这一点，过去我以为是因为他们受苦，但这回答我自己也未满意，所以在吸收工人的呼声及情绪入作品时，显得表面化。现在我知道，劳动者因为是被压迫者、被剥削者，他们只有摆脱这种枷锁才有出头一天，不然总免不了要由衰弱而灭亡。所以他们的反抗就是求活，他们的呼声代表着生命，代表着生命的未来的力。还有工人们是一贫如洗，毫无私蓄，连妻子儿女也要变成工厂主的奴隶。在这样的生活下，他们的脑里装不进什么自私（因为私不了），所以他们的胸怀是大公的。他们反抗压迫剥削，不只是为了自己，别人也得到益处。世界上没有了人吃人，谁都过着幸福的日子。劳动者要消灭人吃人的制度来救出自己，因而也救出所有的人。这样可以知道劳动者所想的实在是最高尚的，为着大众的，正义的。他们不需要欺骗、卑鄙、自私、阴谋、猜忌、残忍等等，所以感情是健康的。又因上述的种种原因，他们最能团结自己和团结各种被压迫人民。因之，他们的声音感情是充溢着热爱和亲切、真诚和恳挚。而至他们命定要做新世界的主人翁，把世界变成大同社会。这样，他们的气魄是很大的，力量是深厚的。——所有这一切就构成了劳动者的呼声的无限力量和情感的健康。而剥削人压迫人的集团的音乐之所以日趋没落，和充满颓废感伤靡靡之音，正象征他们不行了。人们已不再要他们乌烟瘴气的糊弄，已不再允许他们把世界推向火坑。

我的学习还很肤浅，还不能很好地应用到写作上。现在似乎比以前忙了些，我想还得好好努力一下。

好在我的身体比以前健康，我结实得多了；因为开垦种地，身体得到了锻炼，吃小米饭也香了。虽然不至于变成“皮球”（这里叫长得胖胖的做“皮球”），但多担任些工作总经得起的。

谢谢你对我的关心。请你勿挂念我的生活。此间当局为了我的工作多了一些吧（我还兼女大的课），他们给我十五元（女大三元）的津贴作为优待。同事们——艺术教员也一律十二元，助教六元。

现在学校里生活改善，每星期有两次肉吃，两次大米饭或面吃，常餐菜多加一个汤（别的机关没有）。这比起上海武汉时虽不如，但自由安定，根本不愁生计，则是它们没有的。如果比起在法国的生活，更好得多了。在法国冬天冷得没法时，就到马路上跑步取暖，现在则在温暖的窑洞里埋头作曲。

对不起得很，说来说去都没有回答你的问题。请你特别原谅吧！敬祝你快乐健康！

弟星海

1940 年 3 月 21 日

选自《冼星海传》，人民文学出版社，1980 年版

我和古文字学

商承祚

"一个人能否在学术上有所成就，决定于多种因素，本人必须刻苦努力，多读书，苦思索，勤写作，这是基础和前提，但客观条件，生活环境也颇关重要，如果生活不安定，心情不舒畅，终日为杂务而奔波操劳，学术研究总难免要落空。当然，悠游岁月，饱食终日无所用心，客观条件再好也没有用。主观努力与客观条件相结合，就能够多出成果，取得较好的成绩，我的经历说明了这一点。"

作者介绍

商承祚（1902—1992），字锡永，广东番禺（今广州）人。幼承家学，后从罗振玉研习古文字。任广州中山大学教授多年，毕生致力于甲骨文、金文、碑刻文的搜集、整理和考释，为中国古文字研究的开拓者之一。著有《殷虚文字类编》《殷契佚存》《十二家吉金图录》《浑源彝器图》《说文中之古文考》及《商承祚篆隶册》等。

有人问我，您年轻时候，为什么爱好古文字，而走上这条路？为此，我不得不追溯既往来说明这问题。

我八九岁时，见书斋悬有孙星衍（清乾、嘉时人）篆书联，好其笔势缭绕美观，结体匀称。在不断瞻仰时，或指划肚，揣摩其文，或临摹以肖其形。至亲朋家，见悬篆书，字虽不识，必徘徊其下不忍去。

辛亥革命后，1912 年，我父赴德国讲学，携兄同行，借此给以留学机会。我侍母返广州，不久，慈母见背，伯父（衍瀛，字云亭）挈我往青岛，时年十二岁，日附读于邻家，夜取家中书架上段玉裁注的《说文解字注》及阮元《积古斋钟鼎彝器款识》反复检阅，尽管对这书的内容多不理解，还是看得津津有味。第一次世界大战爆发的翌年，日本侵青岛，我家避地青州，转徙曲阜。在孔庙见到累累的汉碑及篆书况其卿坟坛刻字等等，爱好甚，开始学篆隶，又从劳健（笃文）学刻印，日摹汉印十余方。在街上，见人家的住宅墙基、阶石，有些上面刻人物、鬼神、鸟兽象等不胜诧异，问人，才知是汉墓中物，而该墓是用此类石条砌成。始知这种墓，在汉某一时代是风行的，可惜当日不懂椎拓，失去这宝贵的研究材料。又听说东门外田边有不少陶豆，急驰往，见断豆柄满地，其豆盘破碎已不成形，豆柄上有的还印有字，乃选拾数枚归，陈置案上，兄姊皆笑弄之，不理解我为何爱此无用之物。

父亲衍鎏（字藻亭），为清代最末一科甲辰年（光绪三十年，公元1904年）的探花，供职翰林院编修时，同寅想组成赴日参观团，了解日本明治维新后在政治上及各方面取得的新成果，奏诸清廷。父亲回来后，认为日本广开门户，汲取欧洲各国的科学，改进自己，中国应向日本学，不应再闭关自守。既然要向人家学，首先要学好外文，打通这一关，即使不出国，也可以读人家的科技书。于是在教我们兄弟的中文教师外，又聘请一位英文教师，教我四个哥哥（其中亲兄一），这位教师因有些新潮流思想，剪了辫子，在辫子垂垂的人群中，有点特殊。他姓张，背后我们叫他“张秃子”，后来都认为这是不礼貌的，改口不叫了。父亲认为日本人身体强健，是重视体育之故，体质是本钱，这点不能忽视。于是请了个谷师傅隔晚教我们打短拳，还买一匹小马，锻炼我们的胆识。其深谋远虑，无微不至的关怀，不外为我们成才准备条件。

1915年，父亲返自德国，我随侍南京，翌年兄亦归，教我学德文，因性不近外语，一见书本就感觉头脑发胀，数月几无所得。我父叹曰：“学外文不成，那就学中国文学吧，日后小成，还可谋秘书之职以糊口；大成做个名学者，但不要做官！宦海浮沉，一朝天子一朝臣，风险多，一时不慎，还会影响品德。《荀子·修身篇第二》有几句话：‘非我而当者吾师也，是我而当者吾友也，谄谀我者吾贼也。’即是说：‘我做错了事或说错了话，敢于向我提出恰当的批评和指责，这种人是我的老师；我事做对了，说对了，他肯定我，鼓励我前进，这种人是我的朋友；耸起肩膀，装出笑脸，逢迎恭维我的人，是来贼害我的，必须提高警惕。’你们要将之作为终身的座右铭。”我父这番教导，言犹在耳，后来我将之写成条幅，悬之座右以相警。

我初时是“学书不成去学剑”，学剑亦不成的一个人。到底学什么？需要及早决定。我对古文物及古文字的印象很深，念兹在兹，乃决心朝这方面走下去，禀告父亲。我父听后，微微地叹了口气说：“你学这行是找不到饭吃的，只能做个名士，名士也要生活啊。你既决心走此路，是你的志愿，我有什么话好说？由你去罢。”为求深造，1921年，我要求去天津，住伯父家，拜罗振玉（字叔蕴、一字叔言，号雪堂，晚号贞松老人）先生为师，学古文字学。目的终于达到了，其喜可知。及见罗师的“殷礼在斯堂”所藏之甲骨文和累累的青铜器，真如饥儿得饼，穷人暴富，手足无所措。于是考虑先古后今，先难后易，以甲骨文为主。白天在罗家拓铜器铭文，或双钩旧铭文拓本，入夜读罗师的《殷虚书契考释》。其书是用天象、地理、人事等等来分类的，检阅起来不大方便，我用《说文》编次进行整理，并为补入异体字，如对这字有我的体会，则加“祚案”二字附之于后。每晚九时起，为我正式工作时间，一直写到鸡鸣才睡，如是者期年，成《殷虚文字类编》一书，呈视罗师，为之轩然首肯，欣后继之有人，鼓励再接再厉。王国维（字静安，号观堂）先生为之序，有云："他日所得，必将有进于是编者，余虽不敏，犹将濡笔而序之。"对肯于读书的青年，是如何的关怀和期望。暑假后回南京（那时家住南京），将书稿带给父亲看，他很高兴地说，我还有点积蓄，把它印出来。花了八百余元，于1923年问世（书中自序将"癸亥"年误刻"癸丑"）。为什么刻木？父亲谓印数可以自由掌握，多销多印，少销少印，不销不印。若是石印，滞销占地堆积，畅销不敷又须再版，岂不麻烦。第一次印了100部，其中宣纸本30部（此后再没印宣纸本），前后约印了500部，日本销了百余。在刻版时，每页左下角正面镌有"决定不移轩"字样，是我早期的斋名，印了200部以后，将之铲掉。印刷装订工作，都在罗福成（罗师长子）开设的"贻安堂书店"完成的，书版也存在该店。我离京之初，他未告知我，印了近百部毛边纸本，以五元一部的散页卖给北京的书店。嗣后将书版运回南京，抗日战争时期，我家被人占住，把版破来当柴烧了，当时文化遭受浩劫，何止这几块书版呢？

《殷虚文字类编》问世时，年二十一岁，南京东南大学（南京大学前身）聘我任讲师，讲甲骨文字。父亲说："真想不到，如此冷门之学，居然可以谋生。"翌年，北京师范大学聘我作教授。解放前几十年，多数是一身兼一两个学校，是因这是一门热门课，缺乏教师，有人戏称我手捧“铁饭碗”，不愁失业，信然。

罗师在天津自建二层楼房一幢于法租界，三十一号路秋山街。面积约有三百多平方米，作口字形的走马楼，楼上书库兼书室，将书分门别类有条不紊地安排在各房间，研究哪方面的问题就在哪室写作，日夜不辍，坐拥书城。

青年时，见到父亲及朋辈在一起谈学问，都异常谦逊与彬彬有礼，当时不甚理解，到了中年，逐渐领悟“学然后知不足”和学无止境的真理。

我在天津，进过一学期的中学，对那些课程不感兴趣，就不读了。《殷虚文字类编》一书问世后，马衡（字叔平）先生介绍我进入北京大学研究所国学门为研究生，未毕业即出来工作，因此，我既非科班出身，又无任何学衔的一个“白丁”。我生于1902年旧历正月，今年已年过八十，满头白发，是名副其实的“白丁”而当之无愧。

这里顺便记一下罗振玉和王国维的关系。王国维之死，谣言蜂起，郭沫若曾谓王之死为罗振玉逼债造成的惨剧。这种捕风捉影之谈，不胫而走，无知之徒，复为之深文周纳，胡说什么王先生在清华的月薪三百元，还不够付息钱。我们试以当时每月每元三分高利贷计，本钱要一万元，王为何事要使用这笔巨款？是无以取信于人的。罗对王一向很器重，不论在文字上和与人言谈中都流露出来，王对罗亦如是，二人道义之交，是互相辉映的。在十年浩劫极“左”思潮中，把罗骂得一文不值，那种“退人若将坠诸渊”（《礼记·檀弓下》）“恶之欲其死”（《论语·颜渊》）的思想行为，是无以服人的。有人还造谣说，《殷虚书契考释》为王著而罗窃为己有，这是无稽之谈。记得有一天，我遇见陈梦家，他悄悄地对我说，《殷虚书契考释》的稿本被我买到了，完全是罗的手笔，上有王的签注，印本即根据此稿写正的，您有空，可到我家看看。该书是罗请王为之誊正付印，于是头脑简单的人以为王著，真笨伯也。事实胜于雄辩，造谣者可以休矣。

罗王是儿女亲家（王是男方），有时两人因儿女琐事发生矛盾，严重时不通音问，事后多数先由罗去信言归于好。这是我在贻安堂听罗老大说的。王之死，出自家庭中的复杂问题，一言难尽。他投清华昆明湖的绝命书说："五十之年，只欠一死，遭此世变，义无再辱。"有人说是由于害怕共产党而寻短见，这种说法实在太简单幼稚。"再辱"，不能光从政治上着眼，其中包含幕外人不知道的一些情况在内。

我的治学方法一宗罗振玉老师，以实事求是解决问题，知之为知之，不知为不知，特别是古文字，不能任由己意猜测，狡情诡辩。有的人用汉魏以来的音韵，旁转战国及以前的文字，以无字不识，无义不晓自诩，是不足为训的。须知学海无边，对某一字之得失不尽相同，有的字你识我不识，我识你不识；今日不识明日识，今日识而明日知其误，为极其自然的事，无庸诧异。我对字形字义的考释，必求顺理成章，心安理得，不做屈曲之说，避免蹈误。

我童年即喜欢书法艺术，尤其是篆书。受业罗师后，见所书甲骨文及金文，朴质雍容，笔势遒劲，心向往之，乃于暇时，亦在临写。一日，以所书甲骨文及金文字课呈师教诲，他看了金文不断地点头说："你的金文将来会有成就，但要旁及历代石刻篆文使之融会贯通。"我初意以为自己甲胜于金，时至今日，回忆师说，对我两种书体的公开肯定与默然否定，而今都证实了，其目光是何等的敏锐！

我写篆书，包括金文在内，行笔力求刚劲浑厚，以端庄平正为主，喜用铺毫，决不矫揉造作，须知"平正"才见真实工夫。"看似寻常最奇崛，成如容易却艰辛"，此可为知者道，难为外行人言也。正因字形力求工整，写时还要注意直行的行气和横排的横气互相呼应，这样才能使整幅字的气势协调而不至于偏离松懈。我在书法实践中还考虑李白的两句诗："清水出芙蓉，天然去雕饰。"而向这方面的风格努力。

我国传统的书法艺术，爱好者日众，有的青年来问我习楷书与行、草方法，我告知写行、草之先，必须从唐代名书家的楷体入手，欧阳询（信本）用笔拘谨，褚遂良（登善）清秀有余，刚劲不足，二者宜于小楷，不宜于写大字。柳公权（诚悬）骨胜于肉，太过露骨，其中以颜真卿

（清臣）为全能。其字骨肉停匀，气势磅礴而安详，再写大都能站得住，从其入手，有利无弊，写一两年然后转学行、草，与无楷书基础而直接写行、草的工力迥别，我经过欧、褚、颜三个阶段，故略有体会。

我好文物，举凡金、石、陶、瓦、竹、木，以及书画皆在网罗之列。1930 年，我在北京师范大学任教，兼北大、清华，月入五百余元，除生活费用外，几乎全部送入琉璃厂古玩铺。1948 年回广州，对佛山石湾陶器异常欣赏爱好，在文德路古玩铺见到旧作，多为购置，直至解放后店铺停业为止，共得百三十余件。这些文物，十年动乱，幸未被毁，继思独乐不如众乐，乃将明、清书画条幅及扇面近四百件，及明、清旧墨四合捐赠省博物馆。明至民国期间的石湾陶器大小百余件，捐赠广州民间工艺馆。公诸同好，为我一向的思想，垄断资料，据为私有的不良作风向所反对。

我已年过八旬了，回顾所走过的道路，感触良深。一个人能否在学术上有所成就，决定于多种因素，本人必须刻苦努力，多读书，苦思索，勤写作，这是基础和前提，但客观条件，生活环境也颇关重要，如果生活不安定，心情不舒畅，终日为杂务而奔波操劳，学术研究总难免要落空。当然，悠游岁月，饱食终日无所用心，客观条件再好也没用。主观努力与客观条件相结合，就能够多出成果，取得较好的成绩，我的经历说明了这一点。

我平生治学，自问还是比较严谨的，收集资料时，注意鉴别真伪，或摹或拓，或照相，都是自己动手，后因年老，摹写不得不由助手为之，但传拓之事仍必躬亲。1977年夏，我到河北省平山县中山王墓葬的发掘工地参观，并花了三天时间，与工作同志细心清除中山王巿鼎、壶上面的浮锈，拓了铭文两份，一留当地，一带回进行研究。我中年以后著书写文章，必多加思考，不率尔操觚，定下的原则是：不识之字不妄释，不明之义不妄言，不轻言音韵，特别通转旁转之类，如其这样，当无字不识了。不引用二手材料，必查对原文，以免失实及断章取义。不为天下先，以期减少逸足，所以每有新资料出土，发表的文章，我往往在最后。

人的一生是短暂的，科学文化的发展则是无穷尽的，我要在有生之年继续为祖国的学术文化事业贡献力量，为祖国的四化建设竭尽绵薄，我更寄希望于中、青年研究者们，你们年富力强，精力充沛，现在正是治学最宝贵的时间，要努力攀登，学无止境，相信你们一定能在党的领导之下，继往开来，做出超出我们老一辈学者的成就。

一九八一年八月写毕

一九八二年五月修改于广州

选自《治学集》，上海人民出版社，1983年版

高剑父的新国画运动

张鸿

“我之艺术思想、手段，不是要打倒古人，推翻古人，消灭古人；是欲取古人之长，舍古人之短，所谓师长舍短，弃其不合现代的、不合理的东西。是以历史的遗传与世界现代学术合一之研究，更吸收各国古今绘画之特长，作为自己之营养，使成为自己之血肉，造成我国现代绘画之新生命。”

作者介绍

张鸿（1968— ），辽宁大连人。现任广州市文艺报刊社副社长、副主编，广州市作协副主席。著有《指尖上的复调》《香巴拉的背影》《没错，我是一个女巫》《高剑父》《编辑手记》等。

高剑父[1]在上海期间，1912至1917年间，正式提出了“新国画”这一概念，认为“中国事事要革新，中国画也不例外”，“守旧的结果必逊于旧，仿古者定不如古”，得到了不少海派艺术家的认同，但他没有想到的是，在广州这个思想开放之地，情形却完全不一样。

1921年，在广东新政府的支持下，高剑父与邓剑钢等人一起筹备广东省第一次美术展览会，并担任筹备处处长。同年10月，展览在文德路广东图书馆开幕。在这次备受瞩目的展览中，展出了许多在思想内容、题材风格、技法技巧等方面与传统中国画有着很大区别的新国画。以“二高一陈”为代表的“折中派”在此次画展中崭露头角，引起了极大震动。

“二高一陈”及弟子倡导“新国画”，高剑父号召“高举艺术革命的大旗从广东发难起来”，提出“艺术大众化，大众艺术化”的口号，在当时的国画界引起很大的震动，是“新国画”干将的第一次集体亮相，“新国画”越来越受到世人的关注。他们以自己的创作实践践行自己的艺术

1. 高剑父：1879年出生于广东番禺（今广州），中国近现代国画家、美术教育家、岭南画派创始人之一。早年师从晚清岭南著名画家居廉，后东渡日本游学，追随孙中山先生，任同盟会广东支会会长。与陈树人、高奇峰一起致力于中国画改革，创建了岭南画派，是近现代中国画从古典向现代转型进程中的先驱者之一。1951年于澳门逝世。

主张，在中国传统技法的基础上融合日本和西洋画法，强调写生，也重视笔墨、透视、明暗、光线、体积和空间的表现，常用水墨和色彩渲染，创造出一种东西合璧，又具有奔放雄劲气质的个性化的艺术效果。

高剑父创作于1915年的《天地两怪物》，在传统国画手法的基础上，用了透视法，阴影和光的效果等新的技巧，描绘了当时最新式的武器——飞机和坦克。这画一展出，一片哗然，立即招来了一些画界人士的呵斥，他们称高剑父为“画界叛逆”，所画为“不入书画的俗物”。这些人中有些曾经是高剑父的好友，甚至是一起出生入死的战友，如潘达微等。他们好心地轮番上门劝高剑父，不要这样标新立异，冒天下之大不韪，破坏了传统中国画的“雅”，免得把自己弄得不伦不类，丧失声誉。高剑父很认真地回答他们：“既然我们不幸处于战争之中，既然我们的生活里出现了飞机、大炮、汽车、时装人物，我们为何不能去表现它们呢？当然，我们的传统国画中没有这样的题材，但这并不代表是在背叛传统呀，如果当时就有了飞机大炮，说不定八大山人也会把它们画入画中。”他还对这些劝导他的朋友说：“新国画的题材，是不限定只写中国人、中国景物的。眼光要放大一些，要写各国人、各国景物。风景画又不一定要写豆棚、瓜架、剩水残山及空林云栈、崎岖古道，未尝不可画康庄大道、马路、公路、铁路的。”说得那些朋友哑然，拂袖而去。

面对各种非议，他一直强调自己的主张是“折中”，是既折中中西，也折中古今，折中南宗北宗，折中宋院体与文人画；既折中形与神，也折中雅与俗；既折中工笔与写意，也折中水墨与重彩。使艺术既有传统，又富于时代精神，雅俗共赏，为更多的人所接受。他公开表示，折中与融合，毕竟只是手段而非目的；不是“为折中而折中”，也不是“为融合而融合”，两者的终极目的，是“造成我国现代绘画之新生命”。

高剑父从小就是一个“硬颈”的人，有了想法就一直去做好它，“不撞南墙不回头”。既然选择了“飞行”这一个题材，那就一直画下去，画到让自己满意为止。当时广州的航空局局长朱卓问是他的老朋友，看他那么热衷于画飞机，就特别邀请他乘坐飞机俯瞰粤地，高剑父成为中国进行航空写生的第一人。

1927 年在广州花棣孤儿院举办的展览会上，展出了高剑父 40 余幅有关飞机题材的画作，其中包括创作于 1925 年，赫赫有名的《雨中飞行图》，是较完美体现他的艺术主张的一幅作品。这次画展上展厅正中央墙上巨大的孙中山先生的题词：航空救国，给许多人留下了深刻印象。

早在日本留学时，高剑父与陈树人就产生了改革中国画的想法，因为他们追随的竹内栖凤、桥本关雪等画家的京都四条派本身就包含了不少中国传统国画的元素，这让他们感觉亲切。再则，京都四条派采用西方绘画技法改良水墨画，而不失水墨之传统的折中倾向，是对岭南三杰的启发。四条派的留白法和特有的画面上的云雾水汽，“二高一陈”在他们的山水画和动物画创作里都用上了。他们在去日本之前，主要是画花鸟，很少画其他动物，到日本后，借用了四条派常画的虎、猴、狐狸、水牛、鹰、大雁等题材，且他们融入了明显的寓意性和夸张的感情色彩，政治上的革命必定导致他们改革中国画的决心。但同时他们也看到日本画法中的线条和笔势的薄弱，而这正是中国画所长。他们选择性地借鉴京都四条派也是认可了此派改良日本水墨画使其步向现代化的经验，希冀以此经验为楷模来实现中国画现代化转型的需要。

即使是传统题材，高剑父也尝试以新的手法来表现。《鸡声茅店月》是高剑父的一幅代表作，题材取自古诗“鸡声茅店月，人迹板桥霜”。画面前景巨石嵯峨，巨石后延伸一木板小桥，月光的冷照，霜满桥面，桥石下一溪水，翻过石面，形成小瀑布；巨石以斧劈皴，表现出石头的坚实肌理感，可见宋代山水画大家马远、夏圭的影响；中景杂树丛生，浓淡墨混合湿写，是水彩画的技法；远景高山耸立，以淡墨加花青渲染，是日本画常见的朦胧表现手法，达到了冷月加青光的效果，很好地传达出画的诗意之美。

高剑父于1922年创作的《林荫桥影》，一改传统的山水画法，使用焦点透视来构图，树木石桥以传统笔墨写成，同时运用水彩画的技法来强调光影明暗和空间氛围的渲染，表现出一种迷离空蒙的气氛。

从小跟随居师习画，居师就要求高剑父要认真写生，这么多年来，他一直就没有放弃过这一习惯。作于1919年，现收藏于香港中文大学文物馆的这幅《秋蔬》，一棵大白菜、一个圆萝卜，还有一根胡萝卜。白菜和萝卜的叶是用“撞水法”“撞粉法”绘出，同时巧妙地表现出叶片的明暗起伏与结构变化，萝卜用工笔分染出明显的色彩和形体的变化，根须也用工笔细细勾勒。这幅画立体感和质感很强。这些颇具新意的画作正是他主张的“不管什么画派，也不分中国和外国，都可以去芜存精，一炉共冶，创立出一种不脱离民族风格而又推陈出新的现代新国画”的具体体现。

高剑父在《我的现代绘画观》中，曾明确写道：

> 我之艺术思想、手段，不是要打倒古人，推翻古人，消灭古人；是欲取古人之长，舍古人之短，所谓师长舍短，弃其不合现代的、不合理的东西。是以历史的遗传与世界现代学术合一之研究，更吸收各国古今绘画之特长，作为自己之营养，使成为自己之血肉，造成我国现代绘画之新生命。
>
> 旧国画之好处，系注重笔墨与气韵，所谓“骨法

用笔”“气韵生动”……可是新国画因保留以上的古代遗留下来的有价值的因素，而加以补充着现代的科学方法，如“投影”“透视”“光阴法”“远近法”“空气层”，而成为一种健全的、合理的新国画。虽然有这些条件，但不是投胎在西画的怀里，变作西画的面目，不是一味模拟自然，为忠实之写生，为“摄影镜头”般的再现，虽以造化为师，仍以直觉的取舍、美化，由心灵锻炼一番，表现而出，作品里才有我的生命和我的灵魂呀！

20 世纪上半叶，中国的社会、政治、文化一直处于革命之中，艺术也不例外，它本身就是社会和政治的衍生物。作为同盟会元老，身先士卒地参加过民主革命斗争的高剑父在《我的现代绘画观》中说：“兄弟追随（孙中山）作政治革命以后，就感觉到我国艺术实有革新之必要。这三十年来，吹起号角，摇旗呐喊起来，大声疾呼要艺术革命，欲创一种中华民国之现代绘画。”他的社会与艺术的变革意识从孙中山的革命思想那里获得了动力，这是他艺术救国的理念，是他救国救民的人生理想的另一种体现。

几次游学日本回来后，高剑父确定了自己的艺术主张，除了受日本改革画派的艺术影响、孙中山的思想影响外，不可否认的是，康有为的许多艺术观点也坚定了高剑父的艺术主张。1917 年康有为写成《万木草堂画目》，在文中指出：“中国画学至国朝而衰弊极矣。”他还感慨地说：“墨井寡传，郎世宁乃出西法，他日当有合中西而成大家者，日本已力为之，当以郎世宁为太祖矣。如仍守旧不变，则中国画学应遂灭绝，国人岂无英绝之士，应运而生，合中西而为画学新纪元者，其在今乎？吾其望之。”康有为的观点对高剑父影响颇深，高剑父后来写就的《国画的辨证》中就曾这样说：“有志之士感到国画的衰微，西洋画流行，而努力于合的工作。”

选自《高剑父》，花城出版社，2014 年版

苍生守护人——钟南山

熊育群

"所谓医者仁心，医者乃学者，需要的是严谨坚毅的意志去攀登医学高峰，而仁心则需要一颗慈爱之心。钟南山就是二者完美的结合。他的性格似乎是双重的对立统一，智慧与拙朴，硬朗与宽厚，坚毅与脆弱，不屈与妥协，尊严与随和，铁面与柔情……前者更多表露在他那张坚毅的脸庞上，后者却深藏于内心。"

作者介绍

熊育群（1962— ），湖南汨罗人。历任广东省作协副主席、广东文学院院长。现任中国作协散文委员会副主任。著有诗集《三只眼睛》《我的一生在我之外》，长篇小说《连尔居》《己卯年雨雪》《金墟》，散文集及长篇纪实作品《第 76 天》《春天的十二条河流》《路上的祖先》《钟南山：苍生在上》等。

• 疫情再度告急

2020年1月18日晚，钟南山[1]赶到了人山人海的广州高铁站。正当春运，去武汉的高铁票早已卖光，事情紧急，通过国家联防联控机制，他才挤上了G1022次车，在餐车找了一个座位。

他走得非常匆忙，只穿了一件咖啡色格子西装。接到国家卫健委请他紧急赶到武汉的通知，他就感觉此行不同寻常。尽管疲惫，他打开电脑，开始仔细研究每个材料和文件。

这一天，武汉不明原因肺炎患者增加到了59例。这种原因不明的病出现在新闻中，给这个漫长的暖冬带来一丝隐忧与不安。但人头攒动的春运景象，越来越浓的新年喜庆的氛围，人们不以为意，南来北往的人流正在向着家的方向聚集。人们奔波忙碌了一年，都在筹划着怎样过大年。谁也想不到一个潘多拉魔盒正在打开……庚子鼠年注定因此而进入中国历史。

钟南山一直伏案工作，实在困了，他在低矮的靠背上

---

1. 钟南山：1936年出生于江苏南京，福建厦门人，广州医科大学附属第一医院国家呼吸系统疾病临床医学研究中心主任，中国工程院院士，中国抗击非典型肺炎、新冠肺炎疫情的领军人物；2020年8月获得“共和国勋章”。

仰头睡一下。他打盹的照片后来迅速在网上传开。照片里可以看到红色的硬座，乘客都在低头看手机，他几乎是唯一的老年人。4 个多小时后，他在深夜时分抵达武汉。

在武汉会议中心住下，钟南山的神经仍是紧绷的。当年非典过后他就判断非典并没根绝，还有重新出现的可能。武汉出现的病例让他高度警惕。这一路奔走，如同梦境中穿行，不只是空间在跨越，时间似乎也在这个时刻恍惚。17 年前那场令国人记忆深刻的非典，钟南山临危受命，担任广东省非典型肺炎医疗救护专家指导小组组长。也是春天，疫情在广东突然出现。不久，北京等地开始传播，一些国家也接到了病例报告。疫情呈全球蔓延之势。

疫情最初在河源、中山、佛山发生，患者急急送来广州。病人接触过的人倒下了，医生护士也不能幸免。患者发烧，面部、颈部充血，接着出现呕吐、干咳，肺部出现白肺，呼吸开始变得困难，病人多死于呼吸衰竭或多脏器衰竭。

一时谣言四起，人们抢购罗红霉素、板蓝根、醋……这些平素不起眼的东西价格飞涨，板蓝根一包原价 8 元，有的卖到 40 元，抗病毒口服液原价十几元，有的涨到了 130 元……

钟南山急了，他第一时间请缨，要求把所有的重症病人全部集中到他所在的广州呼吸疾病研究所来。病因不明、病症难治，糟糕的是疾病传播途径尚不清楚，个别医生有顾虑，钟南山知道事情的严重性，他坚定地说：“医院就是战场，作为战士，我们不冲上去谁上去？现在是需要我们站出来的时候，不能丝毫犹豫，因为我们是医生，这是我们的职责！”在他看来，他们就是搞呼吸疾病研究的，最艰巨的救治任务不由他们承担靠谁来承担？！

武汉的病人发烧、乏力，部分出现干咳，痰很少，少数有流鼻涕、鼻塞，还有少数有胃肠道的症状，个别的有心肌、消化道、神经系统的问题。这与非典既相似又不一样，很多病人并没有高烧，开始时症状也不太严重，肺部情况也不像非典。他判断，两者相比，尽管有很多同源性，但应是平行的完全不同的两种病毒。这种新型病毒到底有多危险，会怎么变异，他并不了解。这正是他忧虑的地方。

抗击非典那年钟南山67岁，今年84岁，17年的岁月在他青丝上留痕，秋霜似的白发笼在他的额头。想不到耄耋之年他还要与病毒交战！有网民说，“他劝别人不要去武汉，他却去了。明知道老年人最易感染”。在高速行驶的车上，他不知是怎样一种心情，他嘴角深弯向下，不难看出，他不只是疲惫，还有衔悲。从此刻的忧心到后来多次哽咽、含泪，疫情的发展比他估计的还要严重。

武汉一夜，钟南山难以入眠。国家又一次面临考验，人民又一次受到瘟疫的威胁。他辗转反侧，等来了天亮。树叶落尽枝丫光秃的冬天景象出现，凛冽的北风刮过街巷。他实地调查研究，今天与昨天、昨天与前天，情况都在变化，两天内确诊了136例，出现了人传人的情况，还有医务人员被感染了，这是一个非常重要的标志……

历史似乎在重复，他最不想看到的一幕又出现了。当年央视王志的《面对面》新闻节目，面对瞒报疫情和权威部门病因的错误结论，钟南山面对观众说出了真相。同样是央视，白岩松的《新闻1+1》节目，他再一次说出了真相，他郑重公布："新型冠状病毒肺炎是肯定的人传人，在广东有2个病例，没去过武汉，但家人去了武汉后染上了新型冠状病毒肺炎，现在可以说，肯定的，有人传人现象。"

此言一出，惊醒了国人，人们匆忙的脚步停了下来，迎大年的节奏打乱了。当年非典那一幕瞬间回到了人们的记忆中。

1月20日下午，他答新华社记者问，提出了对武汉防控的主张，即武汉减少输出，要对火车站、机场等口岸实行严格的检测措施，首先是测体温，有症状特别是体温不正常的须强制隔离；除非极为重要的事情，外地人一般不要去武汉。这实际是武汉封城的建议。

他提醒疫情预防和控制最有效的办法是早发现、早诊断，还有治疗、隔离。对已经诊断，或者将要确诊的病人要进行有效的隔离，这是极为重要的！目前没有特效药。戴口罩很重要……

他呼吁各级政府领导要负起责任来，这不单纯是卫健委的问题。他提醒政府、医务人员、全社会都要关心，属地领导要担起责任。现在处在一个节骨眼上，春节期间得病的人数会增加。但他不希望呈现链式的发展。要防止它传播，要害是警惕在传播过程中出现超级传播者。

这些呼吁在他武汉考察后及时发出。

· 天下救人事最大

事态急剧发展。年关逼近。钟南山武汉、北京、广州三地奔波，再无喘息之机。

武汉在大年三十前一天封城。不久，紧挨武汉的黄冈封城，远在千里之外的温州乐清市、瑞安市、永嘉县也封城了……大小城市街道静悄悄，人影难觅。史无前例的举措举世震惊。一切都是这样措手不及。但灾难从来就是猝不及防的。

庚子大年，烟花爆竹突然沉默不响了，大江南北一片寂静。人们关在家里，不再相聚相庆，不再串门拜年，喜庆之气祥瑞之气被疫情冲得踪迹全无。

国家进入战时状态。中央沉着指挥。大年初一召开了政治局常委会议。一场只能打赢不能打输的战争打响，保卫生命必须争分夺秒！

18 日，钟南山到武汉，立即投身战斗。19 日一早，国家卫健委、武汉卫生部门和专家召开会议，分析疫情，接着去武汉金银潭医院、疾控中心实地考察调查；下午专家研究，3点半离会，钟南山等专家赶去机场，飞抵北京参加当晚国家卫健委召开的会议，子夜散会。这一夜他只睡了4个小时。20日6点起床，研究汇报材料后，赶到国务院，向孙春兰副总理汇报，接着列席国务院常务会议。午时一点半，又去中南海，参加国务院和国家卫健委召开的全国电视电话会议，布置新冠肺炎疫情全国联防联控工作。随即新闻发布会召开，直到7点结束。9点半，钟南山以连线嘉宾身份出现在央视《新闻1+1》中，公开了重要的疫情信息。21日，他又在广东省首场疫情发布会上，介绍广东全面加强疫情防控情况……忙碌的节奏一直到除夕之夜，作为疫情应急科研攻关组组长的他，大年三十也没有休息。

钟南山再次成为新闻公众人物，他分秒必争的身影出现在大众视野中：29日下午，他领衔广州医科大学附属第一医院专家团队与武汉前方的广东医疗队ICU团队进行远程视频会诊，5个危重症患者出现在大屏幕。会诊室里，他坐在中心位置，从视频察看患者病情，十几个专家坐在他的身后，从用药到基因全测序，大家讨论着，关键时候，钟南山怕ICU医生听不清他的话，他摘下了口罩。这一次会诊时间持续了3小时25分钟。

有“病毒猎手”之称的美国哥伦比亚大学教授利普金

到访中国。30日凌晨6点，钟南山与他会见。由于钟南山当天要赶到北京参加全国疫情防治策略座谈会，利普金教授在他前往机场的车上就疫情与他进行探讨。白云机场到了，他们在航站楼告别。飞机起飞，几个危重病人的治疗方案摊开在钟南山的活动桌板上，他要在飞行时间内确定救治办法。

座谈会在中国疾控中心召开，李克强总理亲自参加，总理就进一步加强科学防控疫情听取专家意见。总理进入会场，他对专家说，本该与大家握手的，但按你们现在的规矩，握手就改拱手了。会议结束，李克强总理与专家们告别，他特意走过来对钟南山说："还是握一次手吧！"

钟南山在会议结束后赶回广州，北京卫视的记者上了他的车，在路上对他进行专访，许多社会关心的重要问题需要他及时回答。钟南山在广州为又一批广州驰援武汉医疗队送行。广东是最早派出援助武汉医疗队的省。先后派出了二十多批两千多人。解放军医疗队也出动了。全国各地医护人员救援的调动规模和速度大大超过了当年汶川地震，达4万多人。白衣天使们义无反顾就像军人开赴前线一样，子与父别，妻与夫别，儿与母别……虽不能说是生死诀别，但谁又能保证每个人都能平安归来？就算他们严防得再好，也难保在枪林弹雨中不被击倒啊！这些白衣战士有的是钟南山的学生，有的是同事，他得细细叮嘱。

在抗击非典期间，钟南山带领的呼研所医护人员像一队尖兵，向病魔发起了一次次冲锋，救治每个重症病人就像战士炸碉堡攻城池，他们前仆后继。先后有 26 位医护人员倒下了，但全院没有一个人后退。有的治愈后又投入了战斗。当世界卫生组织的人询问钟南山，你们有没有医生离开，钟南山自豪地告诉对方：“一个也没有！”

这一次同样也是如此，没有一个逃兵。钟南山对他们说：“你们是去最艰苦的地方、最前线的地方、最困难的地方、最容易受感染的地方来进行战斗，我向你们致敬！我们等你们胜利回家！”他一直把他们送到车上。

随后，他参加了国家卫健委、广东卫健委和专家举行的电视电话会议，根据近期的疫情救治工作和病毒研究成果，对新型冠状病毒的流行病学特点、临床表现、诊断标准和治疗方案进行讨论、优化和修正，为新冠肺炎临床救治工作提出指导意见。最后专家们集中了三条意见，这些意见迅速向全国参加抗疫的医护工作者传达。

同一天，钟南山院士团队和李兰娟院士团队分别从新冠肺炎患者的粪便中分离出病毒。钟南山对新冠肺炎是否会通过粪—口传播又接受了媒体采访……

冠状病毒形如皇冠，在微生物的世界里无影无形，藏在人的身体里，躲在空气中，四处皆暗藏杀机。它肆虐的速度就是人类高铁的速度、飞机的速度。人们惶恐、无助，盼望权威出现。网上有人把钟南山、李兰娟画成了一对守门神，取代了神荼、郁垒。甚至有谣传钟南山某晚连线央视直播节目，专题介绍当前疫情。钟南山不得不频频出镜，及时回应社会关切，为大众答疑解惑。他的出现给了众人信心，安定了人们紧张的情绪。

钟南山亲自示范脱口罩的正确方式，回答一个个问题，譬如：哪些症状必须到医院就诊检查，哪种情况可以在家隔离，群众自己可以做什么，患者没有发热症状，怎么排查隐形的感染者或潜伏期患者，什么时候能够接种上新型冠状病毒疫苗，疫情的走势如何判断，疫情还要持续多长时间，预计什么时间疫情将达到高峰，返程春运拉开了序幕，对疫病防控会有什么影响，会不会出现大传染，返程人员应该采取什么防护措施……他的发声甚至影响到了股市的走势，很多炒股软件不放过他的每一句话。

这一切，对于一位 84 岁的老人意味着什么？他这是在用生命战斗！他把人民的生命看得比自己的生命更加重要！为他着急的莫过于他的家人。妻子李少芬看到熬红了眼睛的他，既生气更心疼，却又无可奈何！她知道自己劝也劝不住，他这一辈子最在乎的就是病人。

• 仁心乃本心

的确，作为医生，钟南山最牵挂的还是病人。死亡人数一天天上升，很快就突破了一千，又升到了两千。钟南山寝食难安，他变得容易落泪，容易伤感。病人对他从来就不是一个数字，都是一个个鲜活的人，他怜惜他们，心痛他们。除了指导、提供专业意见、决策、科研攻关等工作之外，只要一有机会，他就要去救人。

钟南山手机 24 小时开机，他并不喜欢用手机，为的是医院有什么请求，他可以及时处理。一个求救电话打来，无论什么情况，他都不能耽搁。看到这么多同行病倒，他十分揪心。在武汉抗疫一线有他很多学生和同事，特别是他的团队有 7 位干将在武汉协和医院西院 ICU 奋战，20 个床位安排的全都是重症中的重症。特别之处是这个重症隔离监护室并排放置了两台大屏幕，24 小时连线广州钟南山院士团队的 50 位专家。钟南山除了给重症病人会诊，每天都要了解医生护士的身体状况，询问隔离措施是否到位。有个学生给他发信息，说外面街巷的老百姓突然唱起了国歌，钟南山顿时热泪盈眶。他知道艰难时刻士气非常重要，大家的劲头上来了，有了一种精神，有了团结协作的力量，很多东西都能解决。

抗非典时就是这样，即使最艰难的时刻，他们的士气也是高昂的。钟南山带头进入重症隔离监护室检查病人，亲自制订救治方案。有一次，一个呼吸衰竭的病人等待抢救，但呼吸机还在调式，情况紧急，钟南山将病人从车床推到抢救床上，他用简易人工气囊给病人做人工呼吸。这样做感染的风险非常高。许多医生就是因为做人工呼吸时被病人从气管喷射而出的血和痰液感染的。但是生死一刻，需要的就是这样的勇气！

新冠肺炎广东确诊人数达到一千多，是除湖北省外感染人数最多的省，压力同样巨大，丝毫不能掉以轻心。钟南山也是广东领衔抗疫的专家，他亲自来到深圳的重症隔离监护室救治病人。他领导的团队还负责对武汉市定点医院重症患者救治进行巡诊，评估患者病情和治疗方案，确定需要转诊集中收治的患者，确保重症患者科学的救治办法。

一生与病人在一起，钟南山心里装下的全是病人，哪怕出差在外，他也不忘给病人打电话，询问他们的身体状态。抗击非典时钟南山病倒了，肺部出现阴影。他以家为病房进行自我治疗。第三天高烧刚退他就出现在病房里。离开病人三天他就已经不能忍受。现在，在他家门框一角还有一颗长铁钉，那是他自己给自己打吊针留下的纪念。如今八十高龄了，他仍然天天工作到很晚，双休日则安排工作会议，从来没有休过假，从来没有陪同妻子旅游过。

钟南山在病房查房时喜欢坐在病人身边细心听病人说话，拉着病人的手询问病情。有的病人身上散发出异味，有的病人病得很重，他都无所顾忌。在他看来病人并无贵贱。开专家门诊他总是提前半个小时到，一直看到晚上七八点，常常是妻子送饭来。他认为医生救人于痛苦危难之时，如果硬以上班 8 小时画一条线，那不是一个好医生。冬天的时候，他会先搓暖自己的手，怕冷手让病人不舒服。他的细心还表现在巡房时给病人送上生日祝福。钟南山人到哪里，哪里的病人就对自己治好病充满了信心，哪里就变得轻松愉快。而他自己最开心的是病人治愈出院的时刻。他从病人的喜悦中找到了自己人生的价值和快乐。

• 敢医敢言是天性

钟南山还有一张网传很广的照片，是他接受新华社记者采访的视频截图。他讲到武汉人唱国歌，相信武汉能够过关，武汉是一座英雄的城市时，两眼噙泪，嘴唇紧紧抿成了一道弧线。非典时期最艰难的时候，他都没有在公众面前流过眼泪。这张照片把他刚毅与深情的两面展露无遗。

武汉感染人数呈爆炸式增长，从几十人到数千人数万人，有限的医疗设施接收不了这么多病人，人们向着医院蜂拥而来，挤满了各家医院的大厅，一床难求，出现了“堰塞湖”。中央第一时间下令开建火神山、雷神山医院。前者只用了 10 天、后者 13 天就建好了。接着增加十几个方舱医院、扩张几十家医院病床和定点医疗点……

钟南山知道疑似和已经确诊的患者不能住进医院，回家自行隔离，这种行为有多么危险。对一个心中时刻装着病人的医生来说，他心里无比沉痛，忍不住落下眼泪。

所谓医者仁心，医者乃学者，需要的是严谨坚毅的意志去攀登医学高峰，而仁心则需要一颗慈爱之心。钟南山就是二者完美的结合。他的性格似乎是双重的对立统一，智慧与拙朴，硬朗与宽厚，坚毅与脆弱，不屈与妥协，尊严与随和，铁面与柔情……前者更多表露在他那张坚毅的脸庞上，后者却深藏于内心。

钟南山是岭南知识分子最典型的代表，对人和生命有着最纯朴的理解，对事业和生活有着最单纯的热爱与赤诚。岭南多耿介之士，因为这片土地凝积了厚重的务实精神。

钟南山的家安在一栋外墙水泥粉刷的旧房改房中，连电梯都是后来加装的。室内是 20 世纪的老式家具，又笨又大的布沙发上满铺花布，空调是老旧的机型，天花板悬挂吊扇，墙上挂满镜框，桌上用一座奖杯装了水果。因为家里较小，摆的都是钟南山和孙子的东西，妻子的都收起来了。一进房就有一种扑面而来的年代感，一种时间错位感。屋主对物质生活的淡泊可见一斑。钟家人聚在一起，谈的是医疗，讲的是学术追求，从来不谈钱。钟南山连自己的工资是多少也不知道。

他教导子女第一要永远有执着的追求，第二是办事要严谨要实在。看事情或者做研究，要有事实根据，不轻易下结论，要相信自己的观察。他一生记住的是父亲对他的期望——一个人对社会要有所贡献，不能白活。这句话成了他们家庭的人生信仰。

八十岁后他觉得自己慢慢懂得了父亲，觉得自己初步实现了父亲的愿望。但他还不满足，对着父亲的像他动情地说："爸爸，我还有两项工作没有完成。只有这两项工作做好了，才是真正地达到了您的要求。"

钟南山的家有两大特点，一是运动器具多，有跑步机、单车、拉力器、单杠、哑铃；二是书多。这充分体现了钟南山的两大爱好——医学和体育。这两者也成了他家庭最自豪之处：一是医生世家，父亲是儿科专家，母亲是高级护理师，他们都曾赴美深造，儿子子承父业，当上了主任医师、博士生导师；二是体育之家，妻子曾是篮球明星，担任过中国篮球协会副主席，在 1963 年亚洲太平洋新兴国家运动会上，作为中国女篮副队长，她随中国队出征。女儿是优秀蝶泳运动员，曾打破过短池游泳的世界纪录，获得世界短池锦标赛 100 米蝶泳冠军。儿子也是医院篮球队的"中流砥柱"。钟南山本人则在首届全运会以 54.4 秒的成绩打破 400 米栏的全国纪录。1961 年，他还获得了北京市十项全能亚军。钟南山高龄之下抗击疫情的毅力与体力都能从这里找到答案。他奔走各地之间，两脚仍然生风。

钟家墙壁上挂着一幅字：敢医敢言。这是四年前别人送他的。这四个字无疑道出了屋主人的风骨。他的敢医敢言就是天性，是“一个人要说真话，做实事”的钟南山用一生践行的家风。他推崇讲真话。科学追求真理，如果连讲真话都做不到，谈何真理。对待科学，钟南山那股岭南人的耿介劲就像一头蛮牛——他只认真理不认权威。

早年留学英国，他挑战英国医学权威牛津大学雷德克里夫医院克尔教授。钟南山在爱丁堡研究人工呼吸对肺部氧气运输影响时，发现他的实验结果与克尔教授论文的结论完全相反。钟南山毫不犹豫提笔写出了论文。有人说他胆大狂妄。在剑桥学术会议上，专家们被这个中国年轻人的发言惊呆了！先是一阵沉默，继而变为骚动。克尔教授的三个高级助手连珠炮一样提出了8个问题，钟南山一一作了回答。

按会议规定，钟南山论文是否发表要参会的常委举手表决。举手的时候，全场安静下来了，可谓鸦雀无声。接着，常委们一个个举起了手。在科学面前他们的手举得高高的，一个也不少。

当年非典的一场新闻发布会上，有人宣称疫情已经得到了有效控制。钟南山当场开炮：“什么叫控制？现在病源不知道，怎么预防不清楚，怎么治疗也还没有很好的办法，特别是不知道病源！现在病情还在传染，怎么能说是控制了？”

为了抗疫救人，钟南山又跟“权威”叫板。北京某些权威专家通过中央电视台、新华社正式发布结论："引起广东部分地区非典型性肺炎的病原基本可确定为衣原体。"甚至有专家说，对付衣原体治疗变得很简单，用衣原体有效的抗生素就可以了。

权威部门的结论让广东的专家震惊了！按他们的结论，推荐特效药四环素、红霉类抗生素就可以了，但如果是错的，那将是许许多多的人付出生命的代价！在广东省卫生厅召集的紧急会议上，钟南山又站了出来，他不认为是衣原体，衣原体只是最终导致病人死亡的原因之一，而主要病因可能是一种新型病毒。他的观点随后被广东省卫生厅采纳，成为抗击非典的重要分水岭。

非典对外封锁消息，他要搞国际合作。他认为这不是一个国家所面对的问题，也不是一个国家的医务人员能独自承担和解决的问题。在来势汹汹的疫情面前，需要联合世界上所有人的智慧来共同面对，靠人类的集体智慧战胜病魔和灾情。他首先跑去香港进行交流。

钟南山知道自己如果不站出来，后果将是使疫情失去控制，人民将付出不可想象的生命代价。他不能跟着说谎。他天天面对一个个抬进来的病人，在生与死的面前，还有什么压力比死人更大？！他并不怕讲实话，因为他有依据，因为他是大夫，正在第一线抢救病人。如果说有压力，只是来自医生的责任。天下没有比救人更大的事，在生死面前其他的事情都不重要了。

有人据此上纲上线，说他有个人目的，想利用这个机会为个人捞取名利，甚至把他定性为敌我矛盾。他与香港的交流被视作泄露国家机密，对他进行调查。关于他的报道一律不得见报……

可想而知，当年抗击非典如果没有钟南山，结果可能就不会是这样。

从非典到新冠肺炎，同样，钟南山公布“新型冠状病毒肺炎是肯定的人传人”作用重大。公开真相为挽救无数的生命赢得了宝贵的时间。

钟南山就是这样一个蛮人。他的认真有时连命都不顾。留学英国时，为了搞清一氧化碳对血液氧气运输的影响，他用自己当试验品——吸进一氧化碳。他请来皇家医院的同行，向他体内输入一氧化碳，同事不停地抽血检测。他血液中一氧化碳浓度达到15%时，医生和护士都叫了起来：“太危险啦！”他们要他停止。这时钟南山就像连续吸了50到60支香烟，头脑开始晕眩。但钟南山摇着头，一脸的刚毅与坚决。他不能半途而废，他要靠实验画出一条完整的曲线。他继续吸入一氧化碳，血红蛋白中的一氧化碳浓度在上升，直到22%，曲线完整显示。钟南山感觉天旋地转。在场的医生都被他的献身精神打动。

正是这种科学精神、献身精神，钟南山取得了医学上丰硕的成就。在抗击非典的生命博弈中，他摸索出了一条行之有效的“三早三合理”治疗办法，这成了广东抗击非典战役的一个转折点。从此，广东非典疫情的气焰渐渐被压制住了。抗击新冠肺炎疫情，钟南山率领他的团队投入到病人救治和医药科研攻关上。他一开始就让中医直接介入，以中医药做基础实验和临床试验，在医疗过程中观察新的治疗办法。团队结合岭南气候、水土、饮食、人文等特点，针对疫病四诊资料，很快拟定出新冠肺炎预防凉茶处方，既可为医护人员定期饮用，也适用居家隔离防疫的市民饮用……

新型冠状病毒的气焰开始下挫了，疫情出现了拐点，胜利的曙光已经出现……

中国有一个钟南山，这是我们这个时代的幸运！

选自《新华文摘》2020 年第 9 期

图书在版编目（CIP）数据

文学里的广州．杂记 / 杨汤琛编．— 广州：广州出版社，2023.8（2023.9重印）
（读懂广州）
ISBN 978-7-5462-3511-0

Ⅰ．①文…　Ⅱ．①杨…　Ⅲ．①杂文集－中国－现代　②杂文集－中国－当代　Ⅳ．① I217.1

中国版本图书馆 CIP 数据核字（2022）第 180904 号

书　　名　文学里的广州·杂记
　　　　　Wenxue Li De Guangzhou Zaji
出版发行　广州出版社
　　　　　（地址：广州市天河区天润路 87 号 9 楼、10 楼　邮政编码：510635）
责任编辑　田宇星　伍秀娟
责任校对　窦兵兵
责任技编　刘雁明
装帧设计　洪　卫　潘焰荣
印刷单位　广州市岭美文化科技有限公司
　　　　　（地址：广州市荔湾区花地大道南海南工商贸易区 A 幢　邮政编码：510385）
规　　格　787 毫米 ×1092 毫米　1/32
字　　数　192 千
印　　张　9.25
版　　次　2023 年 8 月第 1 版
印　　次　2023 年 9 月第 2 次
书　　号　ISBN 978-7-5462-3511-0
定　　价　42.00 元

鸣谢

本书出版得到以下单位和个人的大力支持：

广州市文艺评论家协会；
广州博物馆；
广州艺术博物院；
广州十三行博物馆；
广州日报社；
中央广播电视总台播音指导陆洋；
新疆广播电视台播音艺术指导李亚萍；
北京广播电视台节目主持人、节目监制白钢；
广东广播电视台康毅工作室制作人、首席业务指导康毅。

特表谢忱。

联系作者声明：

本书系所选的部分作品由于年代久远等原因，无法与作者取得联系，我们深感不安与歉意。如您发现本书系中收录了您的作品，请与出版社联系（电子信箱：gzcbs01@163.com），我们将按规奉上稿酬。